MP3

史上最神

學日本語

日語會話

吉松由美、山田玲奈

五十音　句型　單字　會話

超簡單

山田社
Shan Tian She

學日語
就是要讓自己更神！

你只知道日本服務貼心，不知道日本網路資訊更貼心！

◎ 阿嬤跌倒了怎麼辦？日本網站有居家復健插圖，溫馨告訴你！

◎ 一年52週怎麼算？日本網站有表格，清楚告訴你！

◎ 螞蟻入侵家中怎麼辦？日本網站圖文並茂，幫你解決！

◎ 高爾夫迷打不好怎麼辦？日本網站真人教學所有桿法，免費傳授你！

◎ 牙齒縫隙刷不乾淨牙齦老發炎怎麼辦？日本網站有刷牙動畫，鉅細靡遺告訴你！

會日語就是佔盡便宜！不學怎麼行！

那麼，學日語，就從簡單會話開始吧！但決定容易，持續難嗎？
學不好日語的人的共通點：

◇ 學了一堆單字、文法卻不會用。

◇ 不積極把自己放在「全日語的環境」裡。

◇ 鼓不起勇氣跟日本人説話。

◇ 看日劇、日本綜藝節目完全依賴字幕。

能學好日語的人的共通點：

◇ 喜歡日本文化！

◇ 從日劇、卡通或歌曲開始學起！

◇ 生活中盡可能多用日語！

◇ 看日劇、綜藝節目時把日本人的腔調、快慢、語氣一起記住！

　　其實，學日語一點都不難，只要先設想情境，再套用單字，就會覺得好簡單。請讓自己多去想像各種情境，然後看到日本人就要鼓起勇氣，畢竟學了就要用。遇到生活上什麼問題，就上日本網站求救唄！本書本著先學「會用到的，學得快的」單字、會話、句型，透過輕鬆篩選，精簡濃縮，讓你翻開就説，翻開就用！就是要你立馬上手，越學越有趣，盡情用日語！

◆本書四大不思議處！

第一神：句型百寶箱——創造十倍會話量的萬用句型公式

　　想知道生活上最常用的是哪些日語句型嗎？書中收錄生活常用基本句型，只要在空格上替換不同的關鍵單字，句型百寶箱立刻讓一個單字就是一個場景，就像走馬燈一樣，穿梭不停的背景，讓你盡情說日語！

第二神：這些簡單的字，用途卻很廣

　　輕鬆篩選了最少量，但用途廣，適合用在各種情況的單字。舉凡美食、服飾、隨身配件、交通工具…等，都會是生活、旅遊立即派上用場的關鍵單字！除此之外，你可以收集生活上一切跟自己息息相關的單字，不管是字典上查到的，或是網路上找到的新鮮單字，通通套進句型百寶箱，「從早到晚」生活大小事，用起來就是這麼神！

第三神：活用句型百寶箱，生活、旅遊短句，輕鬆開口說！

　　追不上日本人聊天的速度嗎？明明簡單的一句話，用盡腦袋還是卡在文法變化及單字，好不容易開口，別人已經聊到下一個話題了。別擔心，書中利用句型百寶箱變化出生活、旅遊短句，讓你長話短說，不囉唆。不必太要求一定要記上幾千個單字，幾十個文法，就能輕鬆脫口說日語。不用出國，日語照樣說得溜、說得神。

第四神：你沒看錯！翻開就能說日語！

　　貼心標示日文注音＋羅馬拼音，即使是日語「0」學齡，一樣可以瞬間開口說日語。隨書附贈朗讀版光碟，可以邊走邊聽、邊聽邊學，只要利用零碎的時間，就可以不用想太多，輕鬆用日語！

目錄 もくじ

第 4 章　說說自己

① 自我介紹＿＿＿＿＿＿＿＿＿

② 介紹家人＿＿＿＿＿＿＿＿＿

③ 談天氣＿＿＿＿＿＿＿＿＿

④ 談飲食健康＿＿＿＿＿＿＿＿

⑤ 談嗜好＿＿＿＿＿＿＿＿＿

⑥ 談個性＿＿＿＿＿＿＿＿＿

⑦ 談夢想＿＿＿＿＿＿＿＿＿

目錄

第 5 章　旅遊日語

目

錄

本書內容及使用方法：

　　沒有複雜的文法，只要套用一個句型，再替換自己喜歡的單字，就可以舉一反三，應用在各種場面，是本書編寫的目的。書中精挑日本人生活及旅遊時，使用頻率最高的句型及單字，在句型及單字的相乘效果下，達到輕鬆、有趣的學習效果。

第一章

　　常用寒暄句。有日本人生活中常說的你好、謝謝、對不起、借問一下、這是哪裡…等，好用的生活寒暄句。

第二章

　　生活、旅遊使用頻率最高的基本句型。這裡沒有複雜的文法，只要套用一個句型，再替換不同的單字，就可以舉一反三，應用在各種場面。

第三、四章

　　學過基本句型以後，接下來就可以靈活運用在生活及旅遊上。這裡有跟自己及旅遊相關內容。在同一個句型，套用不同的單字，且你一句我一句舉一反三的學習下，達到說及聽的最高效果。

附錄

　　配合三、四章的內容，這裡有豐富的相關單字。裡面包括介紹自己家人，談天氣、飲食健康、嗜好、個性及夢想。述說自己的個性、嗜好、運動、飲食習慣，還有未來的夢想等相關單字。還有出入國、住宿、交通、用餐、購物、觀光及生病等旅遊相關單字。

第一章

假名與發音

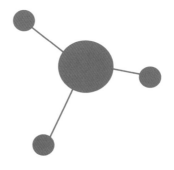

假名就是中國字

　　告訴你，其實日本文字「假名」就是中國字呢！為什麼？我來說明一下。 日本文字假名有兩種，一個叫平假名，一個是叫片假名。平假名是來自中國漢字的草書，請看下面：

安→あ

以→い

衣→え

　　平假名「あ」是借用國字「安」的草書 ；「い」是借用國字「以」的草書；而「え」是借用國字「衣」的草書。雖然，草書草了一點，但是只要多看幾眼，就能知道哪個字，也就可以記住平假名囉！

　　片假名是由國字楷書的部首，演變而成的。如果說片假名是國字身體的一部份，可是一點也不為過的！請看：

宇→ウ

江→エ

於→オ

　　「ウ」是「宇」上半部的身體，「エ」是「江」右邊的身體，「オ」是「於」左邊的身體。片假名就是簡單吧！

清音

日語假名共有七十個，分為清音、濁音、半濁音和撥音四種。

平假名清音表（五十音圖）				
あ a	い i	う u	え e	お o
か ka	き ki	く ku	け ke	こ ko
さ sa	し shi	す su	せ se	そ so
た ta	ち chi	つ tsu	て te	と to
な na	に ni	ぬ nu	ね ne	の no
は ha	ひ hi	ふ fu	へ he	ほ ho
ま ma	み mi	む mu	め me	も mo
や ya		ゆ yu		よ yo
ら ra	り ri	る ru	れ re	ろ ro
わ wa				を o
				ん n

片假名清音表（五十音圖）

ア a	イ i	ウ u	エ e	オ o
カ ka	キ ki	ク ku	ケ ke	コ ko
サ sa	シ shi	ス su	セ se	ソ so
タ ta	チ chi	ツ tsu	テ te	ト to
ナ na	ニ ni	ヌ nu	ネ ne	ノ no
ハ ha	ヒ hi	フ fu	ヘ he	ホ ho
マ ma	ミ mi	ム mu	メ me	モ mo
ヤ ya		ユ yu		ヨ yo
ラ ra	リ ri	ル ru	レ re	ロ ro
ワ wa				ヲ o
				ン n

濁音

　　日語發音有清音跟濁音。例如，か[ka]和が[ga]、た[ta]和だ[da]、は[ha]和ば[ba]等的不同。不同在什麼地方呢？不同在前者發音時，聲帶不振動；相反地，後者就要振動聲帶了。

　　濁音一共有二十個假名，但實際上不同的發音只有十八種。濁音的寫法是，在濁音假名右肩上打兩點。

濁音表				
が ga	ぎ gi	ぐ gu	げ ge	ご go
ざ za	じ ji	ず zu	ぜ ze	ぞ zo
だ da	ぢ ji	づ zu	で de	ど do
ば ba	び bi	ぶ bu	べ be	ぼ bo

第一章　假名與發音

13

半濁音

　　介於「清音」和「濁音」之間的是「半濁音」。因為，它既不能完全歸入「清音」，也不屬於「濁音」，所以只好讓它「半清半濁」了。半濁音的寫法是，在濁音假名右肩上打上一個小圈。

半濁音表				
ぱ pa	ぴ pi	ぷ pu	ぺ pe	ぽ po

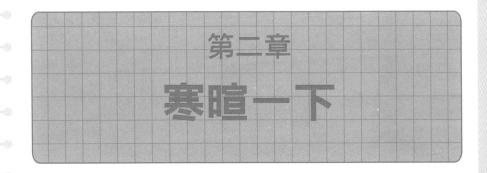

第二章

寒暄一下

CD1-5

1.你好

早安。

おはようございます。

ohayoo gozaimasu

你好。

こんにちは。

konnichiwa

你好。（晚上見面時用）

こんばんは。

konbanwa

晚安。（睡前用）

おやすみなさい。

oyasuminasai

謝謝。

どうも。

doomo

CD1-6

2.再見

再見
さようなら。
sayoonara

先走一步了。
失礼します。
しつれい
shitsuree shimasu

那麼（再見）。
それでは。
soredewa

Bye-Bye。
バイバイ。
baibai

Bye囉。
じゃあね。
jaane

3.回答

是。

はい。
hai

對，沒錯。

はい、そうです。
hai, soo desu

知道了。（一般）

わかりました。
wakarimashita

知道了。（較鄭重）

かしこまりました。
kashikomarimashita

知道了。（鄭重）

承知しました。
しょう　ち
shoochi shimashita

4.謝謝

謝謝。

ありがとうございました。
arigatoo gozaimashita

謝謝。

どうも。
doomo

不好意思。

すみません。
sumimasen

您真親切，謝謝。

ご親切にどうもありがとう。
goshinsetsu ni doomo arigatoo

謝謝照顧。

お世話になりました。
osewa ni narimashita

第二章　先寒暄一下

5.不客氣啦

不客氣。

いいえ。
iie

不客氣。

どういたしまして。
doo itashimashite

不要緊。

大丈夫ですよ。
だいじょう ぶ

daijoobu desuyo

我才要謝你呢。

こちらこそ。
kochira koso

不要在意。

気にしないで。
き

ki ni shinaide

6.對不起

對不起。

すみません。

sumimasen

失禮了。

失礼しました。
しつれい

shitsuree shimashita

對不起。

ごめんなさい。

gomennasai

非常抱歉。

申し訳ありません。
もう わけ

mooshiwake arimasen

給您添麻煩了。

ご迷惑をおかけしました。
めいわく

gomeewaku o okake shimashita

第二章　先寒暄一下

7.借問一下

不好意思。

すみません。

sumimasen

可以耽誤一下嗎？

ちょっといいですか。

chotto ii desuka

打擾一下。

ちょっとすみません。

chotto sumimasen

請問一下。

ちょっとうかがいますが。

chotto ukagaimasuga

有關旅行的事。

旅行のことですが。

ryokoo no koto desuga

CD1-12

8.這是什麼

現在幾點？

今は何時ですか。

ima wa nanji desuka

這是什麼？

これは何ですか。

kore wa nan desuka

這裡是哪裡？

ここはどこですか。

koko wa doko desuka

那是怎麼樣的書？

それはどんな本ですか。

sore wa donna hon desuka

河川名叫什麼？

なんていう川ですか。

nante iu kawa desuka

第二章　先寒暄一下

Note

我常用的寒暄句

日文

第三章
基本句型

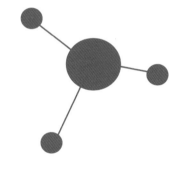

1. ～です。

CD1-13

是 　　　　。

名詞 ＋です。
desu

我是田中。

田中です。
tanaka desu

我是學生。

学生です。
gakusee desu

替 換 看 看

（我姓）林
林
rin

（我姓）李
李
rii

（我姓）山田
山田
yamada

（我姓）鈴木
鈴木
suzuki

書
本
hon

日本人
日本人
nihonjin

腳踏車
自転車
jitensha

工作
仕事
shigoto

2. ~です。

CD1-14

是　　　　。

數量 ＋です。
desu

500日圓。

500円です。
ごひゃくえん

gohyakuen desu

20美金。

20ドルです。
にじゅう

nijuudoru desu

替　換　看　看

一千日圓	一萬日圓
千円 せんえん senen	一万円 いちまんえん ichimanen
一個 一つ ひと hitotsu	一張 一枚 いちまい ichimai
一杯 一杯 いっぱい ippai	兩支 二本 に ほん nihon
一堆 一山 ひとやま hitoyama	12個 １２個 じゅうに こ juuniko

3. ～です。

很 ⬚ 。

形容詞＋です。
desu

很高。

高いです。
たか

takai desu

很冷。

寒いです。
さむ

samui desu

替　換　看　看

好吃 おいしい oishii	冷 冷たい つめ tsumetai
難 むずか 難しい muzukashii	危險 あぶ 危ない abunai
快樂 たの 楽しい tanoshii	年輕 わか 若い wakai
暗 くら 暗い kurai	快 はや 速い hayai

4. ～は～です。

是　　　　　。

名詞＋は＋名詞＋です。
　　　　wa　　　　　　desu

我是學生。

私は学生です。

watashi wa gakusee desu

這是麵包。

これはパンです。

kore wa pan desu

替 換 看 看

父親 老師
父/先生
chichi sensee

姊姊 模特兒
姉/モデル
ane moderu

哥哥 上班族
兄/サラリーマン
ani sarariiman

他 美國人
彼/アメリカ人
kare amerikajin

那是 大象
あれ/象
are zoo

那是 椅子
それ/いす
sore isu

5. ～の～です。

_____ 的 _____ 。

名詞＋の＋名詞＋です。
        no   desu

我的包包。

私のかばんです。

watashi no kaban desu

日本車。

日本の車です。

nihon no kuruma desu

替 換 看 看

妹妹 雨傘	姉姉 手帕
妹 /傘	姉/ハンカチ
imooto kasa	ane hankachi
老師 書	老公 電腦
先生/本	主人/パソコン
sensee hon	shujin pasokon
義大利 鞋子	法國 麵包
イタリア/靴	フランス/パン
itaria kutsu	furansu pan

6. ～ですか。

是　　　　嗎？

名詞＋ですか。
desuka

是日本人嗎？

日本人ですか。
nihonjin desuka

哪一位？

どなたですか。
donata desuka

替　換　看　看

台灣人	中國人
台湾人	中国人
taiwanjin	chuugokujin

美國人	泰國人
アメリカ人	タイ人
amerikajin	taijin

英國人	義大利人
イギリス人	イタリア人
igirisujin	itariajin

韓國人	印度人
韓国人	インド人
kankokujin	indojin

第三章　基本句型

31

7. ~は~ですか。

| 是 | 嗎？ |

名詞＋は＋名詞＋ですか。
wa　　　　　desuka

那裡是廁所嗎？

トイレはあれですか。
toire wa are desuka

車站是這裡嗎？

駅はここですか。
えき
eki wa koko desuka

替 換 看 看

出口 那裡
で ぐち
出口/あそこ
deguchi asoko

國籍 哪裡
くに
国/どこ
kuni doko

籍貫，畢業 哪裡
しゅっしん
ご出身/どちら
goshusshin dochira

寺廟 那裡
てら
お寺/そこ
otera soko

開關 那個
スイッチ/あれ
suicchi are

逃生門 這裡
ひ じょうぐち
非常口/ここ
hijooguchi koko

CD1-20

8. ～は～ですか。

嗎？

名詞＋は＋ 形容詞＋ですか。
　　　　　wa　　　　　　　　desuka

這裡痛嗎？

ここは痛いですか。

koko wa itai desuka

車站遠嗎？

駅は遠いですか。

eki wa tooi desuka

替　換　看　看

北海道 冷	老師 年輕
北海道/寒い	先生/若い
hokkaidoo samui	sensee wakai
這個 好吃	價錢 貴
これ/おいしい	値段/高い
kore oishii	nedan takai
房間 整潔	皮包 耐用
部屋/きれい	かばん/丈夫
heya kiree	kaban joobu

9. ～ではありません。

 CD1-21

不是 ___ 。

名詞＋ではありません。
dewa arimasen

不是義大利人。

イタリア人^{じん}ではありません。

itariajin dewa arimasen

不是字典。

辞書^{じ しょ}ではありません。

jisho dewa arimasen

替 換 看 看

河川
川^{かわ}
kawa

派出所
交番^{こうばん}
kooban

公車
バス
basu

紅茶
紅茶^{こうちゃ}
koocha

煙灰缸
灰皿^{はいざら}
haizara

冰箱
冷蔵庫^{れいぞう こ}
reezooko

電話
電話^{でん わ}
denwa

狗
犬^{いぬ}
inu

10. ～ですね。

好　　　　　喔！

形容詞＋ですね。
desune

好熱喔！

暑いですね。

atsui desune

好冷喔！

寒いですね。

samui desune

替　換　看　看

甜	苦
甘い	苦い
amai	nigai
有趣	舊
面白い	古い
omoshiroi	furui
新	安全
新しい	安全
atarashii	anzen
耐用	方便
丈夫	便利
joobu	benri

11. ～ですね。

好　　　　　喔！

形容詞＋名詞＋ですね。
desune

好漂亮的人喔！

きれいな人ですね。
kiree na hito desune

好棒的建築物喔！

素敵な建物ですね。
suteki na tatemono desune

替　換　看　看

好的 天氣
いい/天気
ii tenki

難的 問題
難しい/問題
muzukashii mondai

重的 行李
重い/荷物
omoi nimotsu

好的 位子
いい/席
ii seki

有趣的 比賽
面白い/試合
omoshiroi shiai

好吃的 店
おいしい/店
oishii mise

12. ~でしょう。

是　　　　吧！

名詞＋でしょう。
deshoo

是晴天吧！

晴^はれでしょう。

hare deshoo

是陰天吧！

曇^{くも}りでしょう。

kumori deshoo

替　換　看　看

雨 あめ 雨 ame	雪 ゆき 雪 yuki
風 かぜ 風 kaze	颱風 たいふう 台風 taihuu
打雷 かみなり 雷 kaminari	星期五 きんよう び 金曜日 kinyoobi
今晚 こんばん 今晚 konban	兩個 ふた 二つ futatsu

13. ～ます。

　　　　。

名詞＋ます。
masu

吃飯。

ご飯を食べます。
gohan o tabemasu

抽煙。

タバコを吸います。
tabako o suimasu

替 換 看 看

聽音樂
音楽を聞き
ongaku o kiki

在天空飛
空を飛び
sora o tobi

學日語
日本語を勉強し
nihongo o benkyooshi

說英語
英語を話し
eego o hanashi

拍照
写真を撮り
shashin o tori

開花
花が咲き
hana ga saki

14. ～から来ました。

CD1-26

從　　　來。

名詞＋から来ました。
kara kimasita

從台灣來。

台湾から来ました。
taiwan kara kimashita

從美國來。

アメリカから来ました。
amerika kara kimashita

替　換　看　看

中國	英國
中 国 ちゅう ごく chuugoku	イギリス igirisu
法國	印度
フランス furansu	インド indo
越南	德國
ベトナム betonamu	ドイツ doitsu
義大利	加拿大
イタリア itaria	カナダ kanada

第二章　基本句型

15. ～ましょう。

來 ⬚⬚⬚ 吧！

名詞 ＋ましょう。
mashoo

來打電動玩具吧！

ゲームをしましょう。
geemu o shimashoo

來看電影吧！

映画を見ましょう。
えいが み
eega o mimashoo

替 換 看 看

下象棋
将棋をし
しょう ぎ
shoogi o shi

打撲克牌
トランプをし
toranpu o shi

打網球
テニスをし
tenisu o shi

去買東西
買い物に行き
か もの い
kaimono ni iki

唱歌
歌を歌い
うた うた
uta o utai

跑到公園
公園まで走り
こうえん はし
kooen made hashiri

16. ～をください。

CD1-28

給我　　　　。

名詞 ＋をください。
o　kudasai

請給我牛肉。

ビーフをください。
biifu o kudasai

給我這個。

これをください。
kore o kudasai

替　換　看　看

地圖	雜誌
地図 ちず	雑誌 ざっし
chizu	zasshi
雨傘	毛衣
傘 かさ	セーター
kasa	seetaa
咖啡	葡萄酒
コーヒー	ワイン
koohii	wain
壽司	拉麵
寿司 すし	ラーメン
shushi	raamen

17. ～ください。

給我 ⬚ 。

数量 ＋ください。
kudasai

給我一個。

<ruby>一<rt>ひと</rt></ruby>つください。

hitotsu kudasai

給我一堆。

<ruby>一<rt>ひと</rt></ruby><ruby>山<rt>やま</rt></ruby>ください。

hitoyama kudasai

替 換 看 看

一支	兩張
<ruby>一本<rt>いっぽん</rt></ruby>	<ruby>二枚<rt>にまい</rt></ruby>
ippon	nimai
三本	一個
<ruby>三冊<rt>さんさつ</rt></ruby>	<ruby>一個<rt>いっこ</rt></ruby>
sansatsu	ikko
一人份	一箱
<ruby>一人前<rt>いちにんまえ</rt></ruby>	<ruby>一箱<rt>ひとはこ</rt></ruby>
ichininmae	hitohako
一袋	一盒
<ruby>一　袋<rt>ひと　ふくろ</rt></ruby>	ワンパック
hitofukuro	wanpakku

CD1-30

18. ～を～ください。

給我 _____ 。

名詞＋を＋数量＋ください。
o　　　　　　kudasai

給我一個披薩。

ピザを一(ひと)つください。
piza o hitotsu kudasai

給我兩張車票。

切符(きっぷ)を２枚(にまい)ください。
kippu o nimai kudasai

替 換 看 看

啤酒　一杯 ビール/一杯(いっぱい) biiru ippai	水餃　兩個 ギョーザ/ふたつ gyooza futatsu
毛巾　兩條 タオル/二枚(にまい) taoru nimai	生魚片　兩人份 刺身(さしみ)/二人前(ににんまえ) sashimi nininmae
香蕉　一串 バナナ/一房(ひとふさ) banana hitofusa	香煙　一條 タバコ/ワンカートン tabako wankaaton

請　　　　。

動詞＋ください。
kudasai

請給我看一下。

見^みせてください。

misete kudasai

請告訴我。

教^{おし}えてください。

oshiete kudasai

替　換　看　看

等一下 待^まって matte	叫一下 呼^よんで yonde
喝 飲^のんで nonde	寫 書^かいて kaite
借過一下 通^{とお}して tooshite	開 開^あけて akete
借我看一下 見^みせて misete	說 言^いって itte

● CD1-32

20. ～を～ください。

請　　　　　。

名詞＋を(で…)＋動詞＋ください。
o (de)　　　　　　　　kudasai

請換房間。

部屋を変えてください。
heya o kaete kudasai

請叫警察。

警察を呼んでください。
keesatsu o yonde kudasai

替 換 看 看

打掃 房間	說明 這個
部屋を/掃除して	これを/説明して
heya o soojishite	kore o setsumeeshite
脫 外套	向右 轉
コートを/脱いで	右に/曲がって
kooto o nuide	migi ni magatte
用漢字 寫	在那裡 停車
漢字で/書いて	そこで/止まって
kanji de kaite	soko de tomatte

第三章　基本句型

21. ～ください。

請　　　。

形容詞＋**動詞**＋ください。
kudasai

請趕快起床。

早_{はや}く起_おきてください。

hayaku okite kudasai

請打掃乾淨。

きれいに掃除_{そうじ}してください。

kiree ni soojishite kudasai

替　換　看　看

簡單　說明
やさしく/説明_{せつめい}して
yasashiku setsumeeshite

切　小塊
小_{ちい}さく/切_きって
chiisaku kitte

縮短　長度
短_{みじか}く/つめて
mijikaku tsumete

賣　便宜
安_{やす}く/売_うって
yasuku utte

當一位　偉大的人
立派_{りっぱ}に/なって
rippa ni natte

安靜　走路
静_{しず}かに/歩_{ある}いて
shizuka ni aruite

22. ～してください。

CD1-34

請（弄）　　　　　　。

形容詞＋してください。
shite kudasai

請算便宜一點。
安くしてください。
yasuku shite kudasai

請快一點。
早くしてください。
hayaku shite kudasai

替　換　看　看

亮 明るく akaruku	大 大きく ookiku
暖 暖かく atatakaku	短 短く mijikaku
可愛 かわいく kawaiku	涼 涼しく suzushiku
乾淨 きれいに kiree ni	安靜 静かに shizuka ni

第三章　基本句型

47

23. ~いくらですか。

多少錢？
名詞＋いくらですか。
ikura desuka

這個多少錢？

これ、いくらですか。

kore, ikura desuka

大人要多少錢？

大人、いくらですか。
おとな

otona, ikura desuka

替 換 看 看

帽子	絲巾
帽子 ぼうし booshi	スカーフ sukaafu
唱片	領帶
レコード rekoodo	ネクタイ nekutai
耳環	戒指
イヤリング iyaringu	指輪 ゆびわ yubiwa
太陽眼鏡	比基尼
サングラス sangurasu	ビキニ bikini

24. ～いくらですか。

⊙ CD1-36

多少錢？

数量＋いくらですか。
ikura desuka

一個多少錢？

一^{ひと}つ、いくらですか。

hitotsu, ikura desuka

一個小時多少錢？

一^{いち}時^じ間^{かん}、いくらですか。

ichijikan, ikura desuka

替 換 看 看

一套	一隻
一着^{いっちゃく}	一匹^{いっぴき}
icchaku	ippiki
一袋	一台
一袋^{ひとふくろ}	一台^{いちだい}
hitofukuro	ichidai
一束（一捆、一把）	一雙
一束^{ひとたば}	一足^{いっそく}
hitotaba	issoku
一套	一盒
ワンセット	ワンパック
wansetto	wanpakku

25. ～いくらですか。

多少錢？

名詞＋数量＋いくらですか。
ikura desuka

這個一個多少錢？

これ、一<ruby>一<rt>ひと</rt></ruby>ついくらですか。
kore, hitotsu ikura desuka

生魚片一人份多少錢？

<ruby>刺身<rt>さしみ</rt></ruby>、<ruby>一人前<rt>いちにんまえ</rt></ruby>いくらですか。
sashimi, ichininmae ikura desuka

替 換 看 看

鞋 一雙	蛋 一盒
くつ/<ruby>一足<rt>いっそく</rt></ruby> kutsu issoku	たまご/ワンパック tamago wanpakku
手套 一雙 <ruby>手袋<rt>てぶくろ</rt></ruby>/<ruby>一組<rt>ひとくみ</rt></ruby> tebukuro hitokumi	(洋)蔥 一把 ねぎ/<ruby>一束<rt>ひとたば</rt></ruby> negi hitotaba
狗 一隻 <ruby>犬<rt>いぬ</rt></ruby>/<ruby>一匹<rt>いっぴき</rt></ruby> inu ippiki	相機 一台 カメラ/<ruby>一台<rt>いちだい</rt></ruby> kamera ichidai

26. ~はありますか。

有　　　　嗎？

名詞＋はありますか。
wa arimasuka

有報紙嗎？

しんぶん
新聞はありますか。

shinbun wa arimasuka

有位子嗎？

せき
席はありますか。

seki wa arimasuka

替　換　看　看

電視	冰箱
テレビ	れいぞう こ 冷蔵庫
terebi	reezooko
傳真	健身房
ファックス	ジム
fakkusu	jimu
保險箱	游泳池
きん こ 金庫	プール
kinko	puuru
熨斗	衛星節目
アイロン	えいせいほうそう 衛星放送
airon	eeseehoosoo

CD1-39

有 ＿＿＿＿ 嗎？

場所 ＋はありますか。
wa arimasuka

有郵局嗎？

ゆうびんきょく
郵便局はありますか。

yuubinkyoku wa arimasuka

有大眾澡堂嗎？

せんとう
銭湯はありますか。

sentoo wa arimasuka

替 換 看 看

電影院
えいがかん
映画館
eegakan

公園
こうえん
公園
kooen

庭園
ていえん
庭園
teeen

美術館
びじゅつかん
美術館
bijutsukan

滑雪場
じょう
スキー場
sukiijoo

飯店
ホテル
hoteru

民宿
みんしゅく
民宿
minshuku

旅館
りょかん
旅館
ryokan

CD1-40

28. ~はありますか。

有　　　　嗎？

形容詞＋名詞＋はありますか。
wa arimasuka

有便宜的位子嗎？

安_{やす}い席_{せき}はありますか。
yasui seki wa arimasuka

有紅色的裙子嗎？

赤_{あか}いスカートはありますか。
akai sukaato wa arimasuka

替　換　看　看

大的　房間
大_{おお}きい/部屋_{へや}
ookii heya

便宜的　旅館
安_{やす}い/旅館_{りょかん}
yasui ryokan

古老的　神社
古_{ふる}い/神社_{じんじゃ}
furui jinja

黑色的　高跟鞋
黒_{くろ}い/ハイヒール
kuroi haihiiru

白色的　連身裙
白_{しろ}い/ワンピース
shiroi wanpiisu

可愛的　內衣
かわいい/下着_{したぎ}
kawaii shitagi

29. ~はどこですか。

在哪裡？

場所 ＋はどこですか。
wa doko desuka

廁所在哪裡？

トイレはどこですか。
toire wa doko desuka

便利商店在哪裡？

コンビニはどこですか。
konbini wa doko desuka

替 換 看 看

百貨公司	超市
デパート	スーパー
depaato	suupaa
水族館	名產店
水族館	土産物屋
suizokukan	miyagemonoya
棒球場	劇場
野球場	劇場
yakyuujoo	gekijoo
遊樂園	美容院
遊園地	美容院
yuuenchi	biyooin

30. ～をお願いします。

CD1-42

麻煩你我要 ＿＿＿＿＿。

名詞＋をお願いします。
o onegai shimasu

麻煩給我行李。

荷物をお願いします。
nimotsu o onegai shimasu

麻煩結帳。

お勘定をお願いします。
okanjoo o onegai shimasu

替 換 看 看

洗衣 せんたくもの 洗濯物 sentakumono	點菜 ちゅう もん 注 文 chuumon
兌幣 りょう がえ 両 替 ryoogae	客房服務 ルームサービス ruumusaabisu
住宿登記 チェックイン chekkuin	收據 りょう しゅう しょ 領 収 書 ryooshuusho
一張 いちまい 一枚 ichimai	預約 よ やく 予約 yoyaku

麻煩你我要 ＿＿＿ 。

名詞＋でお願<ねが>いします。

de onegai shimasu

麻煩我要空運。

航空便<こうくうびん>でお願<ねが>いします。

kookuubin de onegai shimasu

麻煩你我要用信用卡付款。

カードでお願<ねが>いします。

kaado de onegai shimasu

替 換 看 看

海運
船便<ふなびん>
funabin

限時信件
速達<そくたつ>
sokutatsu

掛號
書留<かきとめ>
kakitome

包裹
小包<こづつみ>
kozutsumi

一次付清
一括<いっかつ>
ikkatsu

分開計算
別々<べつべつ>
betsubetsu

飯前
食前<しょくぜん>
shokuzen

飯後
食後<しょくご>
shokugo

32. ~までお願いします。

麻煩載我到 　　　　。

場所 ＋までお願いします。
made onegai shimasu

麻煩載我到車站。

駅までお願いします。
eki made onegai shimasu

請麻煩載我到飯店。

ホテルまでお願いします。
hoteru made onegai shimasu

替 換 看 看

郵局 郵便 局 yuubinkyoku	銀行 銀行 ginkoo
區公所 区役所 kuyakusho	公園 公園 kooen
圖書館 図書館 toshokan	電影院 映画館 eegakan
百貨公司 デパート depaato	這裡 ここ koko

33. ~お願_{ねが}いします。

請給我 ＿＿＿。

名詞＋数量＋お願_{ねが}いします。
onegai shimasu

請給我成人票一張。

大人一枚_{おとないちまい}お願_{ねが}いします。
otona ichimai onegai shimasu

請給我一瓶啤酒。

ビール一本_{いっぽん}お願_{ねが}いします。
biiru ippon onegai shimasu

替 換 看 看

玫瑰 兩朵 バラ/二本_{に ほん} bara nihon	筆記本 三本 ノート/三冊_{さんさつ} nooto sansatsu
魚 兩條 魚/二匹_{さかな に ひき} sakana nihiki	襯衫 一件 シャツ/一枚_{いちまい} shatsu ichimai
套裝 一套 スーツ/一着_{いっ ちゃく} suutsu icchaku	相機 一台 カメラ/一台_{いちだい} kamera ichidai

34. ~はどうですか。

如何？

名詞 ＋はどうですか。
wa doo desuka

烤肉如何？

焼肉はどうですか。
yakiniku wa doo desuka

旅行怎麼樣？

旅行はどうですか。
ryokoo wa doo desuka

替　換　看　看

領帯	電車
ネクタイ	電車
nekutai	densha
計程車	夏威夷
タクシー	ハワイ
takushii	hawai
壽司	關東煮
寿司	おでん
sushi	oden
星期天	天氣
日曜日	天気
nichiyoobi	tenki

第三章　基本句型

35. ～の～はどうですか。

＿＿＿＿ 的 ＿＿＿ 如何？

時間＋の＋名詞＋はどうですか。
no 　　　　wa doo desuka

今年的運勢如何？

今年の運勢はどうですか。
kotoshi no unsee wa doo desuka

昨天的考試如何？

昨日の試験はどうですか。
kinoo no shiken wa doo desuka

替 換 看 看

今天　天氣
今日/天気
kyoo　tenki

昨天　音樂會
昨日/音楽会
kinoo　ongakukai

星期天　考試
日曜日/試験
nichiyoobi　shiken

昨晚　菜
昨晩/料理
sakuban　ryoori

上個月　旅行
先月/旅行
sengetsu　ryokoo

星期六　比賽
土曜日/試合
doyoobi shiai

36. ~がいいです。

我要 　　　　。

名詞＋がいいです。
ga ii desu

我要咖啡。

コーヒーがいいです。
koohii ga ii desu

我要天婦羅。

てんぷらがいいです。
tenpura ga ii desu

替　換　看　看

這個	那個（聽話者附近的）
これ kore	それ sore
那個（兩者範圍以外的）	蕃茄
あれ are	トマト tomato
西瓜	拉麵
スイカ suika	ラーメン raamen
烏龍麵	果汁
うどん udon	ジュース juusu

CD1-49

我要 ＿＿＿＿。

形容詞＋がいいです。
ga ii desu

我要大的。

おお
大きいのがいいです。

ookii noga ii desu

我要便宜的。

やす
安いのがいいです。

yasui noga ii desu

替 換 看 看

小的
ちい
小さいの
chiisai no

藍的
あお
青いの
aoi no

黑的
くろ
黒いの
kuroi no

短的
みじか
短いの
mijikai no

冰的
つめ
冷たいの
tsumetai no

耐用的
じょう ぶ
丈夫なの
joobu nano

普通的
ふ つう
普通なの
futuu nano

熱鬧的
にぎ
賑やかなの
nigiyaka nano

38. ～もいいですか。

可以　　　　嗎？

動詞＋もいいですか。
mo ii desuka

可以喝嗎？

飲んでもいいですか。
nondemo ii desuka

可以試穿嗎？

試着してもいいですか。
shichaku shitemo ii desuka

替　換　看　看

吃 食べて tabete	坐 座って suwatte
摸 触って sawatte	聽（問） 聞いて kiite
看 見て mite	休息 休んで yasunde
唱 歌って utatte	用 使って tsukatte

39. ～もいいですか。

可以 ⬜ 嗎？

名詞(を…)＋動詞＋もいいですか。
　　　o　　　　　　　　mo ii desuka

可以抽煙嗎？

タバコを吸ってもいいですか。
す

tabako o suttemo ii desuka

可以坐這裡嗎？

ここに座ってもいいですか。
すわ

koko ni suwattemo ii desuka

替 換 看 看

照 相
しゃしん　と
写真を/撮って
shashin o totte

唱 歌
うた　うた
歌を/歌って
uta o utatte

彈 鋼琴
ひ
ピアノを/弾いて
piano o hiite

寫 在這裡
か
ここに/書いて
koko ni kaite

喝 啤酒
の
ビールを/飲んで
biiru o nonde

脫 鞋子
くつ　ぬ
靴を/脱いで
kutsu o nuide

40. ~たいです。

我想　　　　。

動詞＋たいです。
tai desu

第三章　基本句型

我想吃。

食べたいです。
tabetai desu

我想聽。

聞きたいです。
kikitai desu

替　換　看　看

玩	走路
遊び	歩き
asobi	aruki
游泳	買
泳ぎ	買い
oyogi	kai
回家	飛
帰り	飛び
kaeri	tobi
說	搭乘
話し	乗り
hanashi	nori

41. ～たいです。

我想到 ____ 。

場所 ＋まで、行きたいです。
made, ikitai desu

想到澀谷。

渋谷駅まで行きたいです。
しぶ や えき　　い
shibuyaeki made ikitai desu

想到成田機場。

成田空港まで行きたいです。
なり た くうこう　　　い
naritakuukoo made ikitai desu

替 換 看 看

新宿 しん じゅく 新 宿 shinjuku	原宿 はら じゅく 原 宿 harajuku
青山 あおやま 青山 aoyama	恵比壽 え び す 恵比寿 ebisu
池袋 いけ ぶくろ 池 袋 ikebukuro	横濱 よこはま 横浜 yokohama
鎌倉 かまくら 鎌倉 kamakura	伊豆 い ず 伊豆 izu

42. ~たいです。

想　　　　　。

名詞(を…)＋動詞＋たいです。
　　　　o　　　　　　　tai desu

想泡溫泉。

おんせん はい
温泉に入りたいです。
onsen ni hairi tai desu

想預約房間。

へ や よやく
部屋を予約したいです。
heya o yoyaku shitai desu

替　換　看　看

看　電影	打　高爾夫球
えい が　　み	
映画を/見	ゴルフを/し
eega o mi	gorufu o shi
看　煙火	吃　料理
はな び　　み	りょう り　　た
花火を/見	料理を/食べ
hanabi o mi	ryoori o tabe
聽　演唱會	去唱　卡拉OK
	い
コンサートに/行き	カラオケに/行き
konsaato ni iki	karaoke ni iki

第
二
章

基
本
句
型

我要找 ___ 。

名詞＋を探^{さが}しています。
o sagashite imasu

我要找裙子。

スカートを探^{さが}しています。
sukaato o sagashite imasu

我要找雨傘。

傘^{かさ}を探^{さが}しています。
kasa o sagashite imasu

替 換 看 看

褲子	休閒鞋
ズボン zubon	スニーカー suniikaa
手帕	洗髮精
ハンカチ hankachi	シャンプー shanpuu
領帶	唱片
ネクタイ nekutai	レコード rekoodo
皮帶	圍巾
ベルト beruto	マフラー mafuraa

44. ~がほしいです。

我要 ＿＿＿。

名詞＋がほしいです。
　　　　ga hoshii desu

想要鞋子。
靴がほしいです。
kutsu ga hoshii desu

想要香水。
香水がほしいです。
koosui ga hoshii desu

替　換　看　看

錄音帶	錄影機
テープ	ビデオカメラ
teepu	bideokamera
底片	收音機
フィルム	ラジオ
fuirumu	rajio
襪子	手帕
靴下	ハンカチ
kutsushita	hankachi
字典	筆記本
辞書	ノート
jisho	nooto

第二章　基本句型

CD1-57

很會 □ 。

名詞 ＋ が上手です。
ga joozu desu

很會唱歌。

歌が上手です。

uta ga joozu desu

很會打網球。

テニスが上手です。

tenisu ga joozu desu

替　換　看　看

煮菜	游泳
料 理	水 泳
ryoori	suiee
打籃球	打棒球
バスケットボール	野 球
basukettobooru	yakyuu
打桌球	講英語
ピンポン	英語
pinpon	eego
講日語	講中文
日本語	中 国語
nihongo	chuugokugo

46. ～すぎます。

太　　　。
形容詞＋すぎます。
　　　　　　sugimasu

太貴。
高すぎます。

taka sugimasu

太大。
大きすぎます。

ooki sugimasu

替　換　看　看

低 低 hiku	小 小さ chiisa
快 速 haya	難 難し muzukashi
重 重 omo	軽 軽 karu
厚 厚 atsu	薄 薄 usu

71

47. ~が好^すきです。

喜歡 ___ 。

名詞 ＋が好^すきです。
ga suki desu

喜歡漫畫。

マンガが好^すきです。

manga ga suki desu

喜歡電玩。

ゲームが好^すきです。

geemu ga suki desu

替 換 看 看

網球	棒球
テニス	野球 ^{や きゅう}
tenisu	yakyuu
足球	釣魚
サッカー	つり
sakkaa	tsuri
高爾夫	兜風
ゴルフ	ドライブ
gorufu	doraibu
爬山	游泳
登山 ^{と ざん}	水泳 ^{すいえい}
tozan	suiee

48. ～に興味があります。

對　　　　有興趣。

名詞＋に興味があります。

ni kyoomi ga arimasu

對音樂有興趣。

音楽に興味があります。

ongaku ni kyoomi ga arimasu

對漫畫有興趣。

マンガに興味があります。

manga ni kyoomi ga arimasu

替　換　看　看

歴史	政治
歴史	政治
rekishi	seeji
經濟	小說
経済	小説
keezai	shoosetsu
電影	藝術
映画	芸術
eega	geejutsu
花道	茶道
華道	茶道
kadoo	sadoo

49. ～で～があります。

在＿＿＿有＿＿＿。

場所＋で＋慶典＋があります。
de 　　　　ga arimasu

淺草有慶典。

浅草でお祭があります。
あさくさ　　　まつり

asakusa de omatsuri ga arimasu

札幌有雪祭。

札幌で雪祭りがあります。
さっぽろ　　ゆきまつ

sapporo de yukimatsuri ga arimasu

替 換 看 看

秋田 竿燈祭
秋田/竿灯 祭
あきた　かんとう　まつり
akita kantoomatsuri

青森 驅魔祭
青森/ねぶた祭
あおもり　　　　まつり
aomori nebuta

仙台 七夕祭
仙台　七夕 祭
せんだい　たなばた　まつり
sendai tanabatamatsuri

東京 三社祭
東京/三社 祭
とうきょう　さんじゃ　まつり
tookyoo sanjamatsuri

徳島 阿波舞祭
徳島/阿波踊り
とくしま　あ わ おど
tokushima awaodori

京都 祇園祭
京都/祇園 祭
きょうと　ぎ おん まつり
kyooto gionmatsuri

74

50. ～が痛いです。

身體＋が痛いです。
ga itai desu

頭痛。

頭が痛いです。

atama ga itai desu

脚痛。

足が痛いです。

ashi ga itai desu

替　換　看　看

肚子 おなか onaka	腰 腰 koshi
膝蓋 ひざ hiza	牙齒 歯 ha
胸 むね mune	背部 背中 senaka
手 手 te	手腕 腕 ude

51. ~をなくしました。

我把 ___ 弄丟了。

物＋をなくしました。
o nakushimashima

我把錢包弄丟了。

財布をなくしました。
さい ふ
saifu o nakushimashita

我把相機弄丟了。

カメラをなくしました。
kamera o nakushimashita

替 換 看 看

票	機票
チケット	航空券 こうくうけん
chiketto	kookuuken
戒指	卡片
指輪 ゆび わ	カード
yubiwa	kaado
護照	眼鏡
パスポート	めがね
pasupooto	megane
外套	手錶
コート	腕時計 うで ど けい
kooto	udedokee

52. ~に~を忘れました。

忘在　　　了。

場所＋に＋ 物 ＋を忘れました。
　　　　ni　　　　　o wasuremashita

包包忘在巴士上了。

バスにかばんを忘れました。

basu ni kaban o wasuremashita

鑰匙忘在房間裡了。

部屋に鍵を忘れました。

heya ni kagi o wasuremashita

替 換 看 看

計程車　傘
タクシー/傘
takushii kasa

電車　報紙
電車/新聞
densha sinbun

桌上　票
テーブルの上/切符
teeburu no ue kippu

浴室　手錶
バスルーム/腕時計
basuruumu udedokee

53. ～を盗<ruby>盗<rt>ぬす</rt></ruby>まれました。

＿＿＿＿被偷了。

物＋を盗<ruby><rt>ぬす</rt></ruby>まれました。
o nusumaremashita

包包被偷了。

かばんを盗<ruby><rt>ぬす</rt></ruby>まれました。
kaban o nusumaremashita

錢被偷了。

現金<ruby><rt>げんきん</rt></ruby>を盗<ruby><rt>ぬす</rt></ruby>まれました。
genkin o nusumaremashita

替 換 看 看

錢包 財布<ruby><rt>さい ふ</rt></ruby> saifu	照相機 カメラ kamera
手錶 腕時計<ruby><rt>うで ど けい</rt></ruby> udedokee	卡片 カード kaado
護照 パスポート pasupooto	機票 航空券<ruby><rt>こうくうけん</rt></ruby> kookuuken
駕照（執照） 免許証<ruby><rt>めんきょしょう</rt></ruby> menkyoshoo	筆記型電腦 ノートパソコン nootopasokon

54. ～と思っています。

🔘 CD1-66

我想　　　　　。

句＋と思っています。
to omottte imasu

我想去日本。
日本に行きたいと思っています。
nihon ni ikitai to omottte imasu

我想那個人是犯人。
あの人が犯人だと思っています。
ano hito ga hanninda to omotte imasu

替　換　看　看

想當老師
先生になりたい
sensee ni naritai

想住在郊外
郊外に住みたい
koogai ni sumitai

想到國外旅行
海外旅行したい
kaigairyokooshitai

她不會結婚
彼女は結婚しない
kanojo wa kekkonshinai

他是對的
彼は正しい
kare wa tadashii

幸好有去旅行
旅行してよかった
ryokooshite yokatta

Note

第四章

說說自己

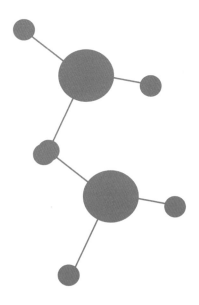

① 自我介紹

1.我姓李。

我姓 ⬚ 。

姓 ＋です。
desu

李
リー
李
rii

金
キム
kimu

鈴木
すず き
鈴木
suzuki

田中
た なか
田中
tanaka

初次見面，我姓楊。

はじめまして、楊と申します。
ヨウ　　　もう

hajimemashite , yoo to mooshimasu

請多指教。

よろしくお願いします。
ねが

yoroshiku onegai shimasu

我才是，請多指教。

こちらこそ、よろしく。

kochirakoso, yoroshiku

⊙ CD2-2

2.我從台灣來的。

我從　　　　來。

國名＋から来ました。
kara kimashita

台灣
台湾
taiwan

英國
イギリス
igirisu

中國
中国
chuugoku

美國
アメリカ
amerika

您是哪國人？

お国はどちらですか。
okuni wa dochira desuka

我是台灣人。

私は台湾人です。
watashi wa taiwanjin desu

我畢業於日本大學。

私は日本大学出身です。
watashi wa nihondaigaku shusshin desu

3.我是粉領族。

我是 ⬜⬜⬜ 。

職業 ＋です。
desu

學生
がくせい
学生
gakusee

醫生
い しゃ
医者
isha

粉領族
オーエル
Ｏ Ｌ
ooeru

工程師
エンジニア
enjinia

您從事哪一種工作？
し ごと なん
お仕事は何ですか。
oshigoto wa nan desuka

我是日語老師。
に ほん ご きょう し
日本語 教 師です。
nihongo kyooshi desu

我在貿易公司工作。
ぼうえきがいしゃ はたら
貿易会社で働いています。
booekigaisha de hataraite imasu

② 介紹家人

CD2-4

1.這是我弟弟。

這是 　　　 。

これは＋ 名詞 ＋です。
kore wa 　　　　　 desu

弟弟
おとうと
弟
otooto

哥哥
あに
兄
ani

姊姊
あね
姉
ane

妹妹
いもうと
妹
imooto

這個人是誰？
ひと　　だれ
この人は誰ですか？
kono hito wa dare desuka

我有一個弟弟。
おとうと　　ひとり
弟 が一人います。
otooto ga hitori imasu

弟弟比我小兩歲。
おとうと　わたし　　　に さいした
弟 は私より二歳下です。
otooto wa watashi yori nisai shita desu

2.哥哥是行銷員。

　　　　公司。

名詞＋の会社です。

<ruby>会社<rt>かいしゃ</rt></ruby>

no kaisha desu

汽車
<ruby>車<rt>くるま</rt></ruby>
kuruma

電腦
コンピューター
konpyuutaa

鞋子
<ruby>靴<rt>くつ</rt></ruby>
kutsu

藥品
<ruby>薬<rt>くすり</rt></ruby>
kusuri

哥哥是行銷員。

<ruby>兄<rt>あに</rt></ruby>はセールスマンです。

ani wa seerusuman desu

您哥哥在哪一家公司上班？

お<ruby>兄<rt>にい</rt></ruby>さんの<ruby>会社<rt>かいしゃ</rt></ruby>はどちらですか。

oniisan no kaisha wa dochira desuka

ABC汽車。

<ruby>Ａ Ｂ Ｃ<rt>エービーシー</rt></ruby><ruby>自動車<rt>じ どうしゃ</rt></ruby>です。

eebiishii jidoosya desu

CD2-6

3.我姊姊很活潑。

我姊姊　　　　　。

姉は＋形容詞＋です。
ane wa　　　　　desu

活潑	溫柔
明るい	やさしい
akarui	yasashii

有一點性急	頑固
少し短気	頑固
sukoshi tanki	ganko

姊姊不小氣。

姉はけちではありません。
ane wa kechi dewa arimasen

姊姊朋友很多。

姉は友だちが多いです。
ane wa tomodachi ga ooi desu

姊姊沒有男朋友。

姉は彼氏がいません。
ane wa kareshi ga imasen

3 談天氣

1.今天真暖和

今天很 ____ 。

今日は＋形容詞＋ですね。
きょう

kyoo wa　　　　　desune

熱 あつ 暑い atsui	冷 さむ 寒い samui
溫暖 あたた 暖かい atatakai	涼爽 すず 涼しい suzusii

今天是好天氣。

今日はいい天気ですね。
きょう　　　てんき

kyoo wa ii tenki desune

正在下雨。

雨が降っています。
あめ　ふ

ame ga futte imasu

早上是晴天。

朝は晴れていました。
あさ　は

asa wa harete imashita

2.東京天氣如何？

東京的　　　　　如何？
東京の＋四季＋はどうですか。
とうきょう
tookyoo no　　　　wa doo desuka

春天	夏天
春 はる	夏 なつ
haru	natsu

秋天	冬天
秋 あき	冬 ふゆ
aki	fuyu

東京夏天很熱。
東京の夏は暑いです。
とう きょう　なつ　あつ
tookyoo no natsu wa atsui desu

但是冬天很冷。
でも、冬は寒いです。
ふゆ　さむ
demo, fuyu wa samui desu

你的國家怎麼樣？
あなたの国はどうですか。
くに
anata no kuni wa doo desuka

3.明天會下雨吧！

明天會（是）　　　　吧！
明日は＋名詞＋でしょう。
あした
 ashita wa　　　　deshoo

雨天
あめ
雨
ame

晴天
は
晴れ
hare

陰天
くも
曇り
kumori

下雪
ゆき
雪
yuki

明天下雨吧！
あした　　あめ
明日は雨でしょう。
ashita wa ame deshoo

明天一整天都很溫暖吧！
あした　　いちにちじゅうあたた
明日は一日中暖かいでしょう。
ashita wa ichinichijuu atatakai deshoo

今晚天氣不知道怎麼樣？
こんばん　てんき
今晩の天気はどうでしょう。
konban no tenki wa doo deshoo

4.東京八月天氣如何？

　　　　的　　　如何？

地名＋の＋月＋はどうですか。
　　　　no　　　　　wa doo desuka

東京　8月
とうきょう はちがつ
東京/8月
tookyoo hachigatsu

紐約　9月
ニューヨーク/9月
く がつ
nyuuyooku kugatsu

台北　12月
タイペイ じゅうにがつ
台北/12月
taipee juunigatsu

北京　9月
ペ キン く がつ
北京/9月
pekin kugatsu

　7月到8月呢？

しちがつ　　　はちがつ
Q：7月から8月までは。
　　shichigatsu kara hachigatsu madewa

很　　　　。

A：形容詞＋です。
　　　　　　desu

熱
あつ
暑い
atsui

涼爽
すず
涼しい
suzusii

④ 談飲食健康

1.吃早餐

吃　　　　。

食物 ＋を食(た)べます。

o tabemasu

麺包	飯
パン	ご飯(はん)
pan	gohan

粥	豆沙包
お粥(かゆ)	お饅(まん)頭(じゅう)
okayu	omanjuu

早餐在家吃。

朝(あさ)ご飯(はん)は家(いえ)で食(た)べます。

asagohan wa ie de tabemasu

吃了麺包和沙拉。

パンとサラダを食(た)べました。

pan to sarada o tabemashita

不吃早餐。

朝(あさ)ご飯(はん)は食(た)べません。

asagohan wa tabemasen

CD2-12

2.喝飲料

喝　　　。

飲料＋を飲^のみます。
o nomimasu

牛奶	果汁
牛^{ぎゅう} 乳^{にゅう}	ジュース
gyuunyuu	juusu
可樂	啤酒
コーラ	ビール
koora	biiru

喜歡喝酒。

お酒^{さけ}が好^すきです。
osake ga suki desu

常喝葡萄酒。

よくワインを飲^のみます。
yoku wain o nomimasu

和朋友一起喝啤酒。

友達^{ともだち}と一緒^{いっしょ}にビールを飲^のみます。
tomodachi to issho ni biiru o nomimasu

3.做運動

做 ___ 嗎？

運動 ＋をしますか。
　　　　o shimasuka

網球
テニス
tenisu

游泳
水泳（すいえい）
suiee

高爾夫
ゴルフ
gorufu

足球
サッカー
sakkaa

一星期做兩次運動。
週 二回（しゅう にかい）スポーツをします。
shuu nikai supootsu o shimasu

有時打保齡球。
時々（ときどき）ボーリングをします。
tokidoki booringu o shimasu

常去公園散步。
よく公園（こうえん）を散歩（さんぽ）します。
yoku kooen o sanpo shimashu

4.我的假日

你假日做什麼？

Q：休みの日は何をしますか。

yasumi no hi wa nani o shimasuka

看　　　　。

A：名詞＋を見ます。

o mimasu

電視	電影	職業棒球	小孩
テレビ	映画	プロ野球	子ども
terebi	eega	poroyakyuu	kodomo

和男朋友約會。

彼氏とデートします。

kareshi to deeto shimasu

和朋友説説笑笑。

友達とワイワイやります。

tomodachi to waiwai yarimasu

在卡拉OK唱歌。

カラオケで歌を歌います。

karaoke de uta o utaimasu

5 談嗜好

1.我喜歡運動

喜歡 [　　　]。

運動 ＋ が好^すきです。
ga suki desu

打籃球	打排球
バスケットボール	バレーボール
basukettobooru	bareebooru

打高爾夫	釣魚
ゴルフ	釣^つり
gorufu	tsuri

你喜歡什麼樣的運動？

どんなスポーツが好^すきですか。
donna supootsu ga suki desuka

常游泳。

よく水泳^{すいえい}をします。
yoku suiee o shimasu

喜歡看運動比賽。

スポーツ観戦^{かんせん}が好^すきです。
supootsu kansen ga suki desu

2.我的嗜好

您的興趣是什麼？

Q：ご趣味は何ですか。

goshumi wa nan desuka

。

A：名詞＋動詞＋ことです。

koto desu

第四章　說說自己

做 菜	練 字
料理を/作る	習字を/する
ryoori o tsukuru	shuuji o suru
看 電影	釣 魚
映画を/見る	釣りを/する
eega o miru	tsuri o suru

真是會　　呀。

専長＋が上手ですね。

ga joozu desune

唱歌	游泳
歌	水泳
uta	suiee

❻ 談個性

1.我的出生日

我的生日是 ＿＿＿＿＿＿。

わたし　たんじょう び
私の誕生日は＋月日＋です。
watashi no tanjoobi wa　desu

1月20號 いちがつ は つ か 1 月 20日 ichigatsu hatsuka	4月24號 しがつ にじゅうよっか 4月 2 4 日 shigatsu nijuuyokka
8月8號 はちがつようか 8 月8日 hachigatsu yooka	12月10號 じゅうにがつと おか 1 ２月10日 juunigatsu tooka

您的生日是什麼時候？
たんじょう び
お誕生日はいつですか。
otanjoobi wa itsu desuka

我12月出生。
じゅうにがつ うま
１２月 生まれです。
juunigatsu umare desu

我屬鼠。
どし
ねずみ年です。
nezumi-doshi desu

2.我的星座

我是 _____ 。

わたし
私は＋星座＋です。
watashi wa　　desu

水瓶座
みずがめ ざ
水瓶座
mizugameza

獅子座
しし ざ
獅子座
shishiza

牡羊座
おひつじ ざ
牡羊座
ohitsujiza

金牛座
おうし ざ
牡牛座
oushiza

_____ 是什麼樣的個性？

せいかく
星座＋はどんな性格ですか。
wa donna seekaku desuka

雙子座
ふた ご ざ
双子座
futagoza

巨蟹座
かに ざ
蟹座
kaniza

雙魚座
うお ざ
魚座
uoza

處女座
おと め ざ
乙女座
otomeza

3.從星座看個性

獅子座（的人）很活潑。

獅子座(の人)は明るいです。

shishiza(nohito)wa akarui desu

很多天秤座都當女演員。

天秤座は女優が多いです。

tenbinza wa joyuu ga ooi desu

雙魚座很有藝術天份。

魚座は芸術的才能があります。

uoza wa geejutsuteki sainoo ga arimasu

魔羯座從不缺錢。

山羊座はお金に困らないです。

yagiza wa okane ni komaranai desu

從星座來看兩個人很適合喔。

星座から見ると二人は合いますよ。

seeza kara miru to futari wa aimasuyo

完美主義	勤勞	誠實	悠閒
完璧主義	勤勉	誠実	のんびり
kanpekishugi	kinben	seejitsu	nonbiri

⑦ 談夢想

1.我想當歌手

將來我想當 ＿＿＿＿ 。

将来＋名詞＋になりたいです。
しょうらい
shoorai　　　　　ni naritai desu

歌手	醫生
歌手 か しゅ kashu	医者 い しゃ isha

老師	護士
先生 せんせい sensee	看護婦 かん ご ふ kangofu

以後想做什麼？
将来、何になりたいですか。
しょうらい　なに
shoorai,　nani ni naritai desuka

為什麼？
どうしてですか。
dooshite desuka

因為喜歡唱歌。
歌が好きだからです。
うた　す
uta ga sukidakara desu

2.現在最想要的

現在最想要什麼？

Q：今、何がほしいですか。
ima, nani ga hoshii desuka

想要　　　　　。

A：名詞＋がほしいです。
ga hoshii desu

車	情人	時間	錢
くるま	こいびと	じ かん	かね
車	恋人	時間	お金
kuruma	koibito	jikan	okane

為什麼想要錢？

なぜ、お金がほしいですか。

naze, okane ga hoshii desuka

因為想再進修。

もっと勉強したいからです。

motto benkyoo shitai kara desu

因為想旅行。

旅行したいからです。

ryokoo shitai kara desu

3.將來想住的家

將來想住什麼樣的房子？

Q：将来、どんな家に住みたいですか。
しょうらい　　　　　　　　　いえ　　　す

shoorai, donna ie ni sumitai desuka

想住在　　　　　　。

A：名詞＋に住みたいです。
　　　　　　　す

ni sumitaidesu

很大的房子	高級公寓	別墅	透天厝
大きな 家 おお　　いえ	マンション	別荘 べっそう	一戸建て いっこ だ
ookina ie	manshon	bessoo	ikkodate

想住什麼樣的城鎮？

Q：どんな町に住みたいですか。
　　　　　まち　す

donna machi ni sumitai desuka

想住在　　　　　　城鎮。

A：形容詞＋町に住みたいです。
　　　　　　　まち　す

machi ni sumitai desu

熱鬧的	很多綠地的
にぎやかな	緑の多い みどり　おお
nigiyakana	midori no ooi

Note

第五章
旅遊日語

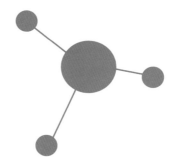

① 機場

 CD2-23

1.在機內

在哪裡？

名詞＋はどこですか。
wa doko desuka

我的座位
わたし せき
私の席
watashi no seki

洗手間
トイレ
toire

行李放不進去。
に もつ　はい
荷物が入りません。
nimotsu ga hairimasen

請借我過。
とお
通してください。
tooshite kudasai

希望能換座位。
せき　か
席を替えてほしいです。
seki o kaete hoshii desu

可以將椅背倒下嗎？
せき　たお
席を倒してもいいですか。
seki o taoshitemo ii desuka

2.機內服務（一）

請給我　　　　。

名詞＋をください。
o kudasai

牛肉
ビーフ
biifu

雞肉
チキン
chikin

水
<ruby>お水<rt>みず</rt></ruby>
omizu

毛毯
<ruby>毛布<rt>もう ふ</rt></ruby>
moofu

枕頭
<ruby>枕<rt>まくら</rt></ruby>
makura

入境卡
<ruby>入 国カード<rt>にゅう こく</rt></ruby>
nyuukoku kaado

有　　　　嗎？

名詞＋はありますか。
wa arimasuka

日本的報紙
<ruby>日本の新聞<rt>に ほん　 しんぶん</rt></ruby>
nihon no shinbun

暈車藥
<ruby>酔い止め薬<rt>よ　 ど　 ぐすり</rt></ruby>
yoidome gusuri

3.機內服務（二）

請再給我一杯。

もう一杯ください。
いっぱい

moo ippai kudasai

是免費嗎？

無料ですか。
むりょう

muryoo desuka

身體不舒服嗎？

気分が悪いです。
き ぶん　　わる

kibun ga warui desu

什麼時候到達？

いつ着きますか。
つ

itsu tsukimasuka

再20分鐘。

あと20分です。
にじゅっぷん

ato nijuppun desu

雑誌	耳機	香煙	葡萄酒
雑誌 ざっし	ヘッドホン	タバコ	ワイン
zasshi	heddohon	tabako	wain

4.通關（一）

旅行目的為何？

Q：旅行の目的は何ですか。
_{りょこう　　もくてき　　なん}

ryokoo no mokuteki wa nan desuka

是　　　　　。

A：名詞＋です。

desu

觀光	留學	工作	會議
観光 _{かんこう}	留学 _{りゅうがく}	仕事 _{し ごと}	会議 _{かい ぎ}
kankoo	ryuugaku	shigoto	kaigi

從事什麼職業？

職業は何ですか。
_{しょく ぎょう　　なん}

shokugyoo wa nan desuka

學生。

学生です。
_{がくせい}

gakusee desu

上班族。

サラリーマンです。

sarariiman desu

粉領族。

OLです。
_{オーエル}

ooeru desu

5.通關（二）

要住在哪裡？

Q：どこに滞在<ruby>滞在<rt>たいざい</rt></ruby>しますか。

doko ni taizai shimasuka

A：名詞＋です。

desu

ABC飯店
<ruby>ＡＢＣ<rt>エービーシー</rt></ruby>ホテル
eebiishii hoteru

朋友家
<ruby>友人<rt>ゆうじん</rt></ruby>の<ruby>家<rt>いえ</rt></ruby>
yuujin no ie

要待幾天？

Q：<ruby>何日滞在<rt>なんにちたいざい</rt></ruby>しますか。

nannichi taizai shimasuka

A：期間＋です。

desu

五天
<ruby>五日間<rt>いつかかん</rt></ruby>
itsukakan

一星期
<ruby>一週間<rt>いっしゅうかん</rt></ruby>
isshuukan

兩星期
<ruby>二週間<rt>にしゅうかん</rt></ruby>
nishuukan

一個月
<ruby>一ヶ月<rt>いっかげつ</rt></ruby>
ikkagetsu

CD2-28

6.通關（三）

請　　　　。

動詞 ＋ください。
　　　　kudasai

開	借我看
開けて	見せて
akete	misete

等一下	說
待って	言って
matte	itte

這是什麼？

Q: これは何ですか。
　　kore wa nan desuka

　　　　跟　　　　。

A: 名詞＋と＋名詞＋です。
　　　　　to　　　　　desu

日常用品　名產
日常品/お土産
nichijoohin omiyage

衣服　香煙
洋服/タバコ
yoofuku tabako

第五章 旅遊日語

7.出國（買票）

請到 ⬚ 。

場所 ＋までお願いします。
<small>ねが</small>
made onegai shimasu

台北 <small>タイペイ</small> 台北 taipee	日本 <small>に ほん</small> 日本 nihon
香港 <small>ホンコン</small> 香港 honkon	北京 <small>ペ キン</small> 北京 pekin

---

日本航空櫃檯在哪裡？

日本航空のカウンターはどこですか。
<small>に ほんこうくう</small>
nihonkookuu no kauntaa wa doko desuka

我要辦登機手續。

チェックインします。
chekkuin shimasu

有靠窗的座位嗎？

窓側の席はありますか。
<small>まどがわ　　せき</small>
madogawa no seki wa arimasuka

CD2-30

8.換錢

請　　　　。

名詞＋してください。
shite kudasai

兌幣
<ruby>両<rt>りょう</rt></ruby> <ruby>替<rt>がえ</rt></ruby>
ryoogae

簽名
サイン
sain

換成日圓。

日本円に。
nihonen ni

請換成五萬日圓。

５万円に<ruby>両<rt>りょう</rt></ruby> <ruby>替<rt>がえ</rt></ruby>してください。
gomanen ni ryoogaeshite kudasai

也請給我一些零鈔。

<ruby>小銭<rt>こぜに</rt></ruby>も<ruby>混<rt>ま</rt></ruby>ぜてください。
kozeni mo mazete kudasai

請讓我看一下護照。

パスポートを<ruby>見<rt>み</rt></ruby>せてください。
pasupooto o misete kudasai

第五章 旅遊日語

113

9.打電話

給我一張電話卡。

テレホンカード一枚ください。

terehonkaado ichimai kudasai

喂，我是台灣小李。

もしもし、台湾の李です。

moshi moshi, taiwan no rii desu

陽子小姐在嗎？

陽子さんはいらっしゃいますか。

yookosan wa irasshaimasuka

我剛到日本。

ただいま、日本に着きました。

tadaima, nihon ni tsukimashita

那麼就在新宿車站見面吧。

では、新宿駅で会いましょう。

dewa, shinjukueki de aimashoo

打電話	留言	外出中	不在家
電話する	メッセージ	外出中	留守
denwasuru	messeeji	gaishutsuchuu	rusu

10.郵局

麻煩寄　　　　。

名詞 ＋でお<ruby>願<rt>ねが</rt></ruby>いします。
de onegai shimasu

空運
こうくうびん
航空便
kookuubin

船運
ふなびん
船便
funabin

掛號
かきとめ
書留
kakitome

包裹
こ づつみ
小 包
kozutsumi

費用多少？
りょう きん
料 金はいくらですか。
ryookin wa ikura desuka

麻煩寄到台灣。
タイワン　　　ねが
台湾までお願いします。
taiwan made onegai shimasu

請給我明信片10張。
じゅうまい
はがきを１０枚ください。
hagaki o juumai kudasai

11.在機場預約飯店

<table>
<tr><td colspan="2">多少錢？</td></tr>
<tr><td colspan="2">名詞 ＋いくらですか。
ikura desuka</td></tr>
</table>

一晩
いっぱく
一泊
ippaku

一個人
ひとり
一人
hitori

雙人房（兩張單人床）
ツインで
tsuin de

雙人房（一張雙人床）
ダブルで
daburu de

我想預約。

よやく
予約したいです。

yoyakushitai desu

有附早餐嗎？

ちょうしょく
朝 食はつきますか。

chooshoku wa tsukimasuka

那樣就可以了。

ねが
それでお願いします。

sorede onegai shimasu

CD2-34

12.坐機場巴士

有去ABC飯店嗎？

ＡＢＣホテルへ行きますか。

eebiishii hoteru e ikimasuka

下一班巴士幾點？

次のバスは何時ですか。

tsugi no basu wa nanji desuka

給我一張到新宿的票。

新宿まで一枚ください。

shinjuku made ichimai kudasai

請往右側出口出去。

右側の出口に出てください。

migigawa no deguchi ni dete kudasai

請在3號乘車處上車。

3番乗り場で乗車してください。

sanban noriba de jooshashite kudasai

(車)票	售票處	機場巴士	乘車處
切符	売り場	リムジンバス	乗り場
kippu	uriba	rimujinbasu	noriba

❷ 到飯店

1.在櫃臺

麻煩　　　　。
名詞＋をお願^{ねが}いします。
o onegai shimasu

住宿登記	行李
チェックイン	荷物^{にもつ}
chekkuin	nimotsu

有預約。
予約^{よやく}してあります。
yoyakushite arimasu

沒預約。
予約^{よやく}してありません。
yoyakushite arimasen

幾點退房？
チェックアウトは何時^{なんじ}ですか。
chekkuauto wa nanji desuka

麻煩你我要刷卡。
カードでお願^{ねが}いします。
kaado de onegai shimasu

2.住宿中的對話

請 _____ 。

名詞＋動詞＋ください。
kudasai

更換　房間
部屋を/変えて
heya o kaete

借我　熨斗
アイロンを/貸して
airon o kashite

搬運　行李
荷物を/運んで
nimotsu o hakonde

告訴我　地方
場所を/教えて
basho o oshiete

請打掃房間。

部屋を掃除してください。
heya o soojishite kudasai

請再給我一條毛巾。

タオルをもう一枚ください。
taoru o moo ichimai kudasai

我用丟鑰匙了。

鍵をなくしました。
kagi o nakushimashita

3.客房服務

100號客房。

100号室です。
（ひゃくごうしつ）

hyaku gooshitsu desu

我要客房服務。

ルームサービスをお願いします。
（ねが）

ruumusaabisu o onegai shimasu

給我一客披薩。

ピザを一つください。
（ひと）

piza o hitotsu kudasai

我要送洗。

洗濯物をお願いします。
（せんたくもの）（ねが）

sentakumono o onegai shimasu

早上6點請叫醒我。

朝6時にモーニングコールをお願いします。
（あさ ろくじ）（ねが）

asa rokuji ni mooningukooru o onegai shimasu

床單	枕頭	棉被	衛生紙
シーツ	枕（まくら）	布団（ふとん）	トイレットペーパー
shiitsu	makura	futon	toirettopeepaa

CD2-38

4.退房

我要退房。

チェックアウトします。

chekkuauto shimasu

這是什麼？

これは何^{なん}ですか。

kore wa nan desuka

沒有使用迷你吧。

ミニバーは利用^{りよう}していません。

minibaa wa riyooshite imasen

請給我收據。

領^{りょう}収書^{しゅうしょ}をください。

ryooshuusho o kudasai

多謝關照。

お世話^{せわ}になりました。

osewa ni narimashita

冰箱	明細	稅金	服務費
冷蔵庫^{れいぞうこ}	明細^{めいさい}	税金^{ぜいきん}	サービス料^{りょう}
reezooko	meesai	zeekin	saabisuryoo

第五章　旅遊日語

121

❸ 用餐

1.逛商店街

多少錢？

名詞＋數量＋いくらですか。
ikura desuka

這個　一個
これ/一つ
kore hitotsu

蘋果　一堆
りんご/一山
ringo hitoyama

歡迎光臨。

いらっしゃいませ。
irasshai mase

可以試吃嗎？

試食してもいいですか。
shishokushitemo ii desuka

請給我一盒這個。

これをワンパックください。
kore o wanpakku kudasai

算我便宜一點嘛。

まけてくださいよ。
makete kudasaiyo

2.在速食店

給我 　　　　。

名詞＋數量＋ください。
kudasai

漢堡　兩個	可樂　三杯
ハンバーガー/二<small>ふた</small>つ	コーラ/三<small>みっ</small>つ
hanbaagaa futatsu	koora mittsu
蕃茄醬　一個	薯條　四包
ケチャップ/一<small>ひと</small>つ	フライポテト/四<small>よっ</small>つ
kecchappu hitotsu	furaipoteto yottsu

我可樂要中杯。

コーラは<ruby>M<rt>エム</rt></ruby>です。
koora wa emu desu

在這裡吃（內用）。

ここで食<small>た</small>べます。
koko de tabemasu

外帶。

テックアウトします。
tekkuauto shimasu

3.在便利商店

便當要加熱嗎？

お弁当を温めますか。

obentoo o atatamemasuka

幫我加熱。

温めてください。

atatamete kudasai

需要筷子嗎？

お箸は要りますか。

ohashi wa irimasuka

收您一千日圓。

千円からお預かりします。

senen kara oazukari shimasu

找您兩百日圓。

2百円のおつりです。

nihyakuen no otsuri desu

便利商店	收銀台	果汁	袋子
コンビニ	レジ	ジュース	袋
konbini	reji	juusu	fukuro

CD2-42

4.找餐廳

附近有 _____ 嗎？

近くに＋形容詞＋商店＋はありますか。
ちか
chikaku ni　　　　　　　　　wa arimasuka

好吃的 餐廳	便宜的 拉麵店
おいしい/レストラン	安い/ラーメン屋 やす や
oishii resutoran	yasui raamenya
不錯的 壽司店	有趣的 商店
いい/寿司屋 すし や	おもしろい/店 みせ
ii sushiya	omoshiroi mise

價錢多少？

値段はどれくらいですか。
ね だん
nedan wa dorekurai desuka

好吃嗎？

おいしいですか。
oishii desuka

地方在哪裡？

場所はどこですか。
ば しょ
basho wa doko desuka

125

5.打電話預約

。

時間＋数量＋です。
desu

今晚7點　兩人
こんばんしちじ　ふたり
今晚７時/二人
konban shichiji futari

明晚8點　四人
あした　よるはちじ　よにん
明日の夜八時/四人
ashita no yoru hachiji yonin

我姓李。
リー　もう
李と申します。
rii to mooshimasu

套餐多少錢？
コースはいくらですか。
koosu wa ikura desuka

請給我靠窗的座位。
まどがわ　せき　ねが
窓側の席をお願いします。
madogawa no seki o onegai shimasu

請傳真地圖給我。
ちず
地図をファックスしてください。
chizu o fakkusu shite kudasai

6.進入餐廳

我姓李。預約7點。

李です。７時に予約してあります。

ril desu, shichiji ni yoyakushite arimasu

四人。

４人です。

yonin desu

有非吸煙區嗎？

禁煙席はありますか。

kinenseki wa arimasuka

沒有預約。

予約してありません。

yoyakushite arimasen

要等多久？

どれくらい待ちますか。

dorekurai machimasuka

吸煙區	包廂	已客滿	有位子
喫煙席	個室	満員	空く
kitsuenseki	koshitsu	manin	aku

7.點餐

請給我菜單。

メニューを<ruby>見<rt>み</rt></ruby>せてください。

menyuu o misete kudasai

我要點菜。

<ruby>注<rt>ちゅう</rt></ruby><ruby>文<rt>もん</rt></ruby>を<ruby>願<rt>ねが</rt></ruby>いします。

chuumon o onegai shimasu

招牌菜是什麼？

お<ruby>勧<rt>すす</rt></ruby>め<ruby>料理<rt>りょうり</rt></ruby>は<ruby>何<rt>なん</rt></ruby>ですか。

osusumeryoori wa nan desuka

我要＿＿＿。

料理＋にします。
ni shimasu

天婦羅套餐
<ruby>天<rt>てん</rt></ruby>ぷら<ruby>定<rt>てい</rt></ruby><ruby>食<rt>しょく</rt></ruby>
tenpura teeshoku

梅花套餐
<ruby>梅<rt>うめ</rt></ruby><ruby>定<rt>てい</rt></ruby><ruby>食<rt>しょく</rt></ruby>
ume teeshoku

A套餐
<ruby>A<rt>エー</rt></ruby>コース
ee koosu

那個
それ
sore

8.點飲料

飲料呢？
Q: お飲(の)み物(もの)は？
onomimono wa

給我　　　　　。
A: 飲料＋を＋数量＋ください。
o　　　　　　kudasai

啤酒　兩杯	果汁　一杯
ビール/二(ふた)つ	ジュース/一(ひと)つ
biiru futatsu	juusu hitotsu

咖啡　三杯	紅茶　一杯
コーヒー/三(みっ)つ	紅茶(こうちゃ)/一(ひと)つ
koohii mittsu	koocha hitotsu

飲料要飯前還是飯後送？
お飲(の)み物(もの)は食前(しょくぜん)ですか、食後(しょくご)ですか。
onomimono wa shokuzen desuka, shokugo desuka

請飯後再上。
食(しょく)後(ご)にお願(ねが)いします。
shokugo ni onegai shimasu

9.進餐後付款

麻煩結帳。

お勘定をお願いします。

okanjoo o onegai shimasu

請分開結帳。

別々でお願いします。

betsubetsu de onegai shimasu

麻煩你我要一次付清。

一括でお願いします。

ikkatsu de onegai shimasu

我要刷卡。

カードでお願いします。

kaado de onegai shimasu

謝謝您的招待。

ご馳走様でした。

gochisoosama deshita

點菜	費用	現金	付錢
注文	費用	現金	払う
chuumon	hiyoo	genkin	harau

④ 交通

1.坐電車

我想到 _____ 。

場所＋まで行きたいです。
made ikitai desu

澁谷車站
渋谷駅
shibuya eki

原宿車站
原宿駅
harajuku eki

下一班電車幾點到？
次の電車は何時ですか。
tsugi no densha wa nanji desuka

會停秋葉原車站嗎？
秋葉原駅にとまりますか。
akihabara eki ni tomarimasuka

在品川車站換車嗎？
品川駅で乗り換えますか。
shinagawa eki de norikaemasuka

下一站是哪？
次の駅はどこですか。
tsuginoeki wa doko desuka

2.坐公車

公車站在哪裡？

バス停はどこですか。

basutee wa doko desuka

這台公車有到東京車站嗎？

このバスは東京駅へ行きますか。

kono basu wa tookyoo eki e ikimasuka

幾號公車能到？

何番のバスが行きますか。

nanban no basu ga ikimasuka

東京車站是第幾站？

東京駅はいくつ目ですか。

tookyoo eki wa ikutume desuka

到了請告訴我。

着いたら教えてください。

tsuitara oshiete kudasai

路線圖	往	乘車券	門
路線図	行き	乗車券	ドア
rosenzu	iki	jooshaken	doa

3.坐計程車

請到⬜⬜⬜。

場所＋までお願いします。
made onegai shimasu

王子飯店	上野車站
プリンスホテル	上野駅
purinsu hoteru	ueno eki

這裡(拿紙給對方看)

ここ（紙を見せる）

koko (kami o miseru)

到那裡要花多少的時間？

そこまでどれくらいかかりますか。

soko made dorekurai kakarimasuka

請右轉。

右に曲がってください。

migi ni magatte kudasai

這裡就可以了。

ここでいいです。

koko de iidesu

4.租車子

我想租車。

車を借りたいです。

kuruma o karitai desu

押金多少錢？

保証金はいくらですか。

hoshookin wa ikura desuka

有附保險嗎？

保険はついていますか。

hoken wa tsuite imasuka

車子故障了。

車が故障しました。

kuruma ga koshoo shimashita

這台車還你。

この車を返します。

kono kuruma o kaeshimasu

租車	國際駕駛執照	契約書	爆胎
レンタカー	国際運転免許証	契約書	パンク
rentakaa	kokusaiunten menkyoshoo	keeyakusho	panku

5.迷路了

上野車站在哪裡？

上野駅はどこですか。
うえ の えき

ueno eki wa doko desuka

請沿這條路直走。

この道をまっすぐ行ってください。
みち　　　　　　　　い

kono michi o massugu itte kudasai

請在下一個紅綠燈右轉。

次の信号を右に曲がってください。
つぎ　しんごう　みぎ　ま

tsugi no shingoo o migi ni magatte kudasai

上野車站在左邊。

上野駅は左側にあります。
うえ の えき　ひだりがわ

uenoeki wa hidarigawa ni arimsu

嗎？

名詞＋は＋形容詞＋ですか？
　　　　　wa　　　　　　　　desuka

車站　遠	那裡　近
駅/遠い えき とお	そこ/近い ちか
eki tooi	soko chikai

5 觀光

1.在旅遊詢問中心

想 　　　。

名詞＋を（へ…）＋動詞＋たいです。
　　o　　　e　　　　　　　　　tai desu

看 煙火
花火<ruby>花<rt>はな</rt></ruby><ruby>火<rt>び</rt></ruby>を/<ruby>見<rt>み</rt></ruby>
hanabi o mi

看 慶典
お<ruby>祭<rt>まつり</rt></ruby>を/<ruby>見<rt>み</rt></ruby>
omatsuri o mi

去 迪士尼樂園
ディズニーランドへ/<ruby>行<rt>い</rt></ruby>き
dizuniirando e iki

請給我地圖。
<ruby>地<rt>ち</rt></ruby><ruby>図<rt>ず</rt></ruby>をください。
chizu o kudasai

博物館現在有開嗎？
<ruby>博<rt>は</rt></ruby><ruby>物<rt>く</rt></ruby><ruby>館<rt>ぶつかん</rt></ruby>は<ruby>今<rt>いま</rt></ruby><ruby>開<rt>あ</rt></ruby>いていますか。
hakubutsukan wa ima aite imasuka

這裡可以買票嗎？
ここでチケットは<ruby>買<rt>か</rt></ruby>えますか。
koko de chiketto wa kaemasuka

136

CD2-54

2.跟旅行團

我要 _____。

名詞＋がいいです。
ga ii desu

一日行程
いちにち
一日コース
ichinichi koosu

下午行程
ご ご
午後コース
gogo koosu

有附餐嗎？
しょく じ つ
食 事は付きますか。
shokuji wa tsukimasuka

幾點出發？
しゅっ ぱつ なん じ
出 発は何時ですか。
shuppatsu wa nanji desuka

幾點回來？
なん じ もど
何時に戻りますか。
nanji ni modorimasuka

旅行團	半天	活動	免費
ツアー	はんにち 半日	イベント	む りょう 無 料
tsuaa	hannichi	ibento	muryoo

137

3.拍照

可以 ＿＿＿＿＿ 嗎？

名詞＋を＋動詞＋もいいですか。
o　　　　　mo ii desuka

照相
しゃしん　と
写真/撮って
shashin totte

抽煙
す
タバコ/吸って
tabako sutte

可以幫我拍照嗎？
しゃしん　と
写真を撮っていただけますか。
shashin o totte itadakemasuka

只要按這裡就行了。
お
ここを押すだけです。
koko o osu dake desu

可以一起照個相嗎？
いっしょ　しゃしん　と
一緒に写真を撮ってもいいですか。
issho ni shashin o tottemo ii desuka

麻煩再拍一張。
いちまい　ねが
もう一枚お願いします。
moo ichimai onegai shimasu

4.到美術館、博物館

呀。

形容詞＋名詞＋ですね。
desune

好棒的　畫
素敵な/絵
すてき　　え
suteki na e

好漂亮的　和服
綺麗な/着物
きれい　　きもの
kiree na kimono

好傑出的　作品
すばらしい/作品
さくひん
subarasii sakuhin

好壯觀的　建築物
すごい/建物
たてもの
sugoi tatemono

入場費多少？
入場料はいくらですか。
にゅう　じょうりょう
nyuujooryoo wa ikura desuka

有館內導覽服務嗎？
館内ガイドはいますか。
かんない
kannai gaido wa imasuka

幾點休館？
何時に閉館ですか。
なんじ　　へいかん
nanji ni heekan desuka

5.買票

給我 ▢▢▢ 。

名詞＋数量＋お願(ねが)いします。
onegai shimasu

成人票　兩張
大人(おとな)/二枚(にまい)
otona nimai

學生票　一張
学生(がくせい)/一枚(いちまい)
gakusee ichimai

售票處在哪裡？
チケット売(う)り場(ば)はどこですか。
chiketto uriba wa doko desuka

學生有折扣嗎？
学生割引(がくせいわりびき)はありますか。
gakusee waribiki wa arimasuka

我要一樓的位子。
1階(いっかい)の席(せき)がいいです。
ikkai no seki ga ii desu

有沒有更便宜的座位？
もっと安(やす)い席(せき)はありますか。
motto yasui seki wa arimasuka

140

6.看電影、聽演唱會

想看　　　　　。
名詞＋を見<ruby>見<rt>み</rt></ruby>たいです。
o mitai desu

電影
<ruby>映画<rt>えい が</rt></ruby>
eega

音樂會
コンサート
konsaato

目前受歡迎的電影是哪一部？
<ruby>今<rt>いま</rt></ruby>、<ruby>人気<rt>にん き</rt></ruby>のある<ruby>映画<rt>えい が</rt></ruby>は<ruby>何<rt>なん</rt></ruby>ですか。
ima, ninki no aru eega wa nan desuka

會上映到什麼時候？
いつまで<ruby>上演<rt>じょうえん</rt></ruby>していますか。
itsu made jooen shite imasuka

下一場幾點上映？
<ruby>次<rt>つぎ</rt></ruby>の<ruby>上演<rt>じょうえん</rt></ruby>は<ruby>何時<rt>なん じ</rt></ruby>ですか。
tsugi no jooen wa nanji desuka

幾分前進場？
<ruby>何分前<rt>なんぶんまえ</rt></ruby>に<ruby>入<rt>はい</rt></ruby>りますか。
nanpunmae ni hairimasuka

第五章　旅遊日語

141

7.去唱卡拉OK

多少錢？

数量＋いくらですか。
ikura desuka

一小時
いち じ かん
一時間
ichijikan

一個人
ひ と り
一人
hitori

去唱卡拉OK吧。

カラオケに行きましょう。
karaoke ni ikimashoo

基本消費多少？

き ほんりょうきん
基本料金はいくらですか。
kihonryookin wa ikuradesuka

可以延長嗎？

えんちょう
延長はできますか。
enchoo wa dekimasuka

遙控器如何使用？

つか
リモコンはどうやって使いますか。
rimokon wa dooyatte tsukaimasuka

8.去算命

的　　如何？

時間＋の＋名詞＋はどうですか。
no　　　　　wa doo desuka

今年　運勢
今年/運勢
kotoshi unsee

明年　財運
来年/金銭運
rainen kinsenun

這個月　工作運
今月/仕事運
kongetsu shigotoun

這星期　愛情運勢
今週/愛情運
konshuu aijooun

我出生於1972年9月18日
１９７２年　9月　18日生まれです。
sen kyuuhyaku nanajuu ni nen kugatsu juuhachinichi umaredesu

請幫我看看和女朋友（男朋友）合不合。
恋人との相性を見てください。
koibito tono aishoo o mite kudasai

可以買護身符嗎？
お守りを買えますか。
omamori o kaemasuka

9.夜晚的娛樂

附近有　　　嗎？

近<ruby>く<rt>ちか</rt></ruby>に＋場所＋はありますか。

chikaku ni　　　　　wa arimasuka

酒吧	居酒屋
バー	居酒屋
baa	izakaya

夜店	爵士酒吧
ナイトクラブ	ジャズクラブ
naitokurabu	jazukurabu

女性要2000日圓。

女性は2000円です。

josee wa nisenen desu

音樂不錯呢。

音楽がいいですね。

ongaku ga ii desune

點菜最晚是幾點？

ラストオーダーは何時ですか。

rasuto oodaa wa nanji desuka

144

10.看棒球

今天有巨人隊的比賽嗎？

今日は巨人の試合がありますか。

kyoo wa kyojin no shiai ga arimasuka

哪兩隊的比賽？

どこ対どこの試合ですか。

doko tai doko no shiai desuka

請給我兩張一壘附近的座位。

一塁側の席を２枚ください。

ichiruigawa no seki o nimai kudasai

可以坐這裡嗎？

ここに座ってもいいですか。

koko ni suwattemo ii desuka

請簽名。

サインをください。

sain o kudasai

棒球場	夜間棒球賽	三振	全壘打
野球場	ナイター	三振	ホームラン
yakyuujoo	naitaa	sanshin	hoomuran

6 購物

1.買衣服

在找 _____ 。

衣服 ＋を探^{さが}しています。
o sagashite imasu

裙子
スカート
sukaato

褲子
ズボン
zubon

外套
コート
kooto

T恤
Tシャツ
tii shatsu

婦女服飾賣場在哪裡？

婦人服^{ふじんふく}売^うり場^ばはどこですか。
fujinfuku uriba wa doko desuka

這個如何？

こちらはいかがですか。
kochira wa ikaga desuka

這條褲子如何？

このズボンはどうですか。
kono zubon wa doo desuka

2.試穿衣服

可以　　　　嗎？

動詞＋もいいですか。
mo ii desuka

試穿
しちゃく
試着して
shichakushite

摸
さわ
触って
sawatte

那個讓我看一下。

それを見せてください。
み
sore o misete kudasai

有點小呢。

ちょっと小さいですね。
ちい
chotto chiisai desune

有沒有白色的？
しろ
白いのはありませんか。
shiroi no wa arimasenka

這是麻嗎？
あさ
これは麻ですか。
kore wa asa desuka

3.決定要買

有點長。

ちょっと長いです。

chotto nagai desu

長度可以改短一點嗎？

丈をつめられますか。

take o tsumeraremasuka

顏色不錯呢。

色がいいですね。

iro ga ii desune

非常喜歡。

とても気に入りました。

totemo ki ni irimashita

我要這個。

これにします。

kore ni shimasu

白色	黑色	紅色	藍色
白	黒	赤	青
shiro	kuro	aka	ao

4.買鞋子

想要　　　　　。

鞋子 ＋がほしいです。
ga hoshii desu

休閒鞋	涼鞋
スニーカー	サンダル
suniikaa	sandaru
高跟鞋	靴子
ハイヒール	ブーツ
haihiiru	buutsu

太　　　　　。

形容詞＋すぎます。
sugimasu

大	小
おお	ちい
大き	小さ
ooki	chiisa
長	短
なが	みじか
長	短
naga	mijika

5.決定買鞋子

我要 _____ 的。

形容詞 の(なの)＋がいいです。

no(nano) ＋ ga ii desu

小
<ruby>ちい<rt></rt></ruby>
小さい
chiisai

黑
<ruby>くろ<rt></rt></ruby>
黒い
kuroi

有點緊。

ちょっときついです。

chotto kitsui desu

最受歡迎的是哪一雙？

一番人気なのはどれですか。

ichiban ninki nano wa dore desuka

請給我這一雙。

これをください。

kore o kudasai

6.買土產

給我　　　　　。

数量＋ください。
kudasai

一個
ひと
一つ
hitotsu

一張
いちまい
一枚
ichimai

有沒有適合送人的名產？
お土産にいいのはありますか。
omiyage ni ii no wa arimasuka

哪一個較受歡迎？
どれが人気ありますか。
dore ga ninki arimasuka

給我8個同樣的東西。
同じものを八つください。
onaji mono o yattsu kudasai

請分開包裝。
別々に包んでください。
betsubetsu ni tsutsunde kudasai

7.討價還價

請 ＿＿＿。

形容詞＋してください。
shite kudasai

便宜一點
安_{やす}く
yasuku

快一點
早_{はや}く
hayaku

太貴了。
高_{たか}すぎます。
takasugimasu

2000日圓就買。
2000_{にせんえん}円なら買_かいます。
nisenen nara kaimasu

最好是1萬日圓以內的東西。
1万円_{いちまんえん}以内_{いない}の物_{もの}のがいいです。
ichimanen inai no mono ga ii desu

那我就不要了。

それでは、いりません。
soredewa, irimasen

8.付錢

要如何付款？

Q: お支払いはどうなさいます。

oshiharai wa doo nasaimasu

麻煩你我用　　　　　。

A: 名詞＋でお願いします。

de onegai shimasu

刷卡	現金
カード	現金
kaado	genkin

要分幾次付款？

Q: お支払い回数は？

oshiharai kaisuu wa

A: 次数＋です。

desu

一次	六次
一回	六回
ikkai	rokkai

在哪裡結帳？

レジはどこですか。

reji wa doko desuka

請在這裡簽名。

ここにサインをお願いします。

koko ni sain o onegai shimasu

1.文化及社會

喜歡日本的　　　　。
日本（に ほん）の＋名詞＋が好（す）きです。
nihon no 　　　　ga suki desu

歌
歌（うた）
uta

漫畫
マンガ
manga

連續劇
ドラマ
dorama

慶典
お祭（まつり）（お祭（まつ）り）
omatsuri

對日本的　　　　有興趣。
日本（に ほん）の＋名詞＋に興味（きょう み）があります。
nihon no 　　　　ni kyoomi ga arimasu

文化
文化（ぶん か）
bunka

經濟
経済（けいざい）
keezai

藝術
芸術（げいじゅつ）
geejutsu

歷史
歴史（れき し）
rekishi

2.日本慶典

在 有慶典。

場所＋で＋祭り＋があります。
de　　　　　ga arimasu

徳島 阿波舞
とくしま あ わ おど
徳島/阿波踊り
tokushima awaodori

東京 神田祭
とうきょう かん だ まつり
東京/神田 祭
tookyoo kandamatsuri

札幌 雪祭
さっぽろ ゆき まつり
札幌/雪 祭
sapporo yukimatsuri

青森 驅魔祭
あおもり まつり
青森/ねぶた祭
aomori nebutamatsuri

是怎麼樣的慶典？
まつり
どんな祭ですか。
donna matsuri desuka

什麼時候舉行？

いつありますか。
itsu arimasuka

怎麼去？
い
どうやって行きますか。
dooyatte ikimasuka

3.日本街道

市容很乾淨。

町がきれいですね。

machi ga kiree desune

空氣很好。

空気がいいですね。

kuuki ga ii desune

庭院的花很可愛。

お庭の花がかわいいですね。

oniwa no hana ga kawaii desune

人很親切。

人が親切ですね。

hito ga shinsetsu desune

年輕人很時髦。

若者はおしゃれですね。

wakamono wa oshare desune

城市風景	中途下車	古老的房子	街角
町風景	途中下車	古い家	街角
machifuukee	tochuugesha	huruiie	machikado

⑧ 生病了

1.找醫生

想去看醫生。

医者に行きたいです。

isha ni ikitai desu

請叫醫生來。

医者を呼んでください。

isha o yonde kudasai

請叫救護車。

救急車を呼んでください。

kyuukyuusha o yonde kudasai

醫院在哪裡？

病院はどこですか。

byooin wa doko desuka

診療時間幾點？

診察時間はいつですか。

shinsatsu jikan wa itsu desuka

感冒	心臓病	高血壓	糖尿病
風邪	心臓病	高血圧	糖尿病
kaze	shinzoobyoo	kooketsuatsu	toonyoobyoo

2. 說出症狀

怎麼了？

Q: どうしましたか？
doo shimashitaka

感到 ___ 。

A: 症状＋がします。
ga shimasu

吐
吐き気
hakike

發冷
寒気
samuke

頭暈
目眩
memai

___痛。

部位＋が痛いです。
ga itaidesu

頭
頭
atama

肚子
お腹
onaka

3. 接受治療

請躺下來。

横になってください。

yoko ni natte kudasai

請深呼吸。

深呼吸してください。

shinkokyuu shite kudasai

這裡會痛嗎？

この辺は痛いですか。

kono hen wa itai desuka

食物中毒。

食あたりですね。

shokuatari desune

開藥方給你。

薬を出します。

kusuri o dashimasu

好像發燒	很疲倦	流鼻水	打噴嚏
熱っぽい	だるい	鼻水	くしゃみ
netsuppoi	darui	hanamizu	kushami

第五章　旅遊日語

4. 到藥局拿藥

一天請服三次藥。

薬は一日三回飲んでください。

kusuri wa ichinichi sankai nonde kudasai

請在飯後服用。

食後に飲んでください。

shokugo ni nonde kudasai

請將這個軟膏塗抹在傷口上。

この軟膏を傷に塗りなさい。

kono nankoo o kizu ni nurinasai

請多保重。

お大事に。

odaiji ni

請開診斷書給我。

診断書をお願いします。

shindansho o onegai shimasu

感冒藥	胃腸藥	鎮痛劑	眼藥水
風邪薬	胃腸薬	鎮痛剤	目薬
kazegusuri	ichooyaku	chintsuuzai	megusuri

⑨ 遇到麻煩

1. 東西不見了

　　　　不見了。

物＋をなくしました。
o nakushimashita

護照	相機
パスポート	カメラ
pasupooto	kamera

手提包	房間鑰匙
かばん	部屋の鍵
kaban	heya no kagi

　　　忘在　　　　了。

場所＋に＋物＋を忘れました。
ni　　　　o wasuremashita

電車　行李	房間　鑰匙
電車/荷物	部屋/鍵
denshua　nimotsu	heya kagi

計程車　電腦	
タクシー/パソコン	
takushii pasokon	

第五章　旅遊日語

2. 東西被偷了

＿＿＿被偷了。

物＋を盗まれました。
o nusumaremashita

錢包	信用卡
財布	クレジットカード
saifu	kurejitto kaado
行李箱	戒指
スーツケース	指輪
suutsukeesu	yubiwa

犯人是＿＿＿。

犯人は＋人＋です。
hannin wa   desu

年輕男性	矮個子的男性
若い男	背の低い男
wakai otoko	se no hikui otoko
長髮的女性	帶著眼鏡的女性
髪の長い女	めがねをかけた女
kami no nagai onna	megane o kaketa onna

3. 在警察局

東西弄丟了。

落し物しました。

<ruby>落<rt>おと</rt></ruby>し<ruby>物<rt>もの</rt></ruby>しました。

otoshimono o shimashita

黑色包包。

黒いかばんです。

<ruby>黒<rt>くろ</rt></ruby>いかばんです。

kuroi kaban desu

裡面有錢包和信用卡。

財布とカードが入っています。

<ruby>財布<rt>さいふ</rt></ruby>とカードが<ruby>入<rt>はい</rt></ruby>っています。

saifu to kaado ga haitte imasu

希望能幫我打電話給發卡公司。

カード会社に電話してほしいです。

カード<ruby>会社<rt>がいしゃ</rt></ruby>に<ruby>電話<rt>でんわ</rt></ruby>してほしいです。

kaado gaisha ni denwashite hoshii desu

請填寫遺失表格。

紛失届けを書いてください。

<ruby>紛失届<rt>ふんしつとど</rt></ruby>けを<ruby>書<rt>か</rt></ruby>いてください。

funshitutodoke o kaite kudasai

警察	身分證	護照	補發
<ruby>警察<rt>けいさつ</rt></ruby>	<ruby>身分証明書<rt>みぶんしょうめいしょ</rt></ruby>	パスポート	<ruby>再発行<rt>さいはっこう</rt></ruby>
keesatsu	mibunshoomeesho	pasupooto	saihakkoo

第五章 旅遊日語

Note

附　錄

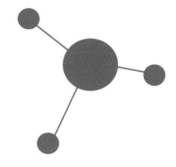

1. 數字（一）

1（いち）	1	ichi
2（に）	2	ni
3（さん）	3	san
4（よん/し）	4	yon/ shi
5（ご）	5	go
6（ろく）	6	roku
7（なな/しち）	7	nana / shichi
8（はち）	8	hachi
9（く/きゅう）	9	ku / kyuu
10（じゅう）	10	juu
11（じゅういち）	11	juuichi
12（じゅうに）	12	juuni
13（じゅうさん）	13	juusan
14（じゅうよん/じゅうし）	14	juuyon / juushi
15（じゅうご）	15	juugo
16（じゅうろく）	16	juuroku
17（じゅうしち/じゅうなな）	17	juushichi / juunana
18（じゅうはち）	18	juuhachi
19（じゅうく/じゅうきゅう）	19	juuku / juukyuu
20（にじゅう）	20	nijuu
30（さんじゅう）	30	sanjuu
40（よんじゅう）	40	yonjuu
50（ごじゅう）	50	gojuu
60（ろくじゅう）	60	rokujuu
70（ななじゅう）	70	nanajuu
80（はちじゅう）	80	hachijuu
90（きゅうじゅう）	90	kyuujuu
100（ひゃく）	100	hyaku
101（ひゃくいち）	101	hyakuichi
102（ひゃくに）	102	hyakuni
103（ひゃくさん）	103	hyakusan
200（にひゃく）	200	nihyaku
300（さんびゃく）	300	sannbyaku
400（よんひゃく）	400	yonhyaku
500（ごひゃく）	500	gohyaku
600（ろっぴゃく）	600	roppyaku
700（ななひゃく）	700	nanahyaku
800（はっぴゃく）	800	happyaku

900（きゅうひゃく）	900	kyuuhyaku
1000（せん）	1000	sen
2000（にせん）	2000	nisen
5000（ごせん）	5000	gosen
10000（いちまん）	10000	ichiman

2. 數字（二）

一つ	一個	hitotsu
二つ	二個	futatsu
三つ	三個	mittsu
四つ	四個	yottsu
五つ	五個	itsutsu
六つ	六個	muttsu
七つ	七個	nanatsu
八つ	八個	yattsu
九つ	九個	kokonotsu
十	十個	too
いくつ	幾個	ikutsu

3. 月份

一月	一月	ichigatsu
二月	二月	nigatsu
三月	三月	sangatsu
四月	四月	shigatsu
五月	五月	gogatsu
六月	六月	rokugatsu
七月	七月	shichigatsu
八月	八月	hachigatsu
九月	九月	kugatsu
十月	十月	juugatsu
十一月	十一月	juuichigatsu
十二月	十二月	juunigatsu
何月	幾月	nangatsu

4. 星期

日曜日	星期日	nichiyoobi
月曜日	星期一	getsuyoobi
火曜日	星期二	kayoobi
水曜日	星期三	suiyoobi
木曜日	星期四	mokuyoobi

附錄 基本單字

<ruby>金<rt>きん</rt></ruby><ruby>曜<rt>よう</rt></ruby><ruby>日<rt>び</rt></ruby>	星期五	kinyoobi
<ruby>土<rt>ど</rt></ruby><ruby>曜<rt>よう</rt></ruby><ruby>日<rt>び</rt></ruby>	星期六	doyoobi
<ruby>何<rt>なん</rt></ruby><ruby>曜<rt>よう</rt></ruby><ruby>日<rt>び</rt></ruby>	星期幾	nanyoobi

5. 時間

<ruby>一<rt>いち</rt></ruby><ruby>時<rt>じ</rt></ruby>	一點	ichiji
<ruby>二<rt>に</rt></ruby><ruby>時<rt>じ</rt></ruby>	兩點	niji
<ruby>三<rt>さん</rt></ruby><ruby>時<rt>じ</rt></ruby>	三點	sanji
<ruby>四<rt>よ</rt></ruby><ruby>時<rt>じ</rt></ruby>	四點	yoji
<ruby>五<rt>ご</rt></ruby><ruby>時<rt>じ</rt></ruby>	五點	goji
<ruby>六<rt>ろく</rt></ruby><ruby>時<rt>じ</rt></ruby>	六點	rokuji
<ruby>七<rt>しち</rt></ruby><ruby>時<rt>じ</rt></ruby>	七點	shichiji/ nanaji
<ruby>八<rt>はち</rt></ruby><ruby>時<rt>じ</rt></ruby>	八點	hachiji
<ruby>九<rt>く</rt></ruby><ruby>時<rt>じ</rt></ruby>	九點	kuji
<ruby>十<rt>じゅう</rt></ruby><ruby>時<rt>じ</rt></ruby>	十點	juuji
<ruby>十<rt>じゅう</rt></ruby><ruby>一<rt>いち</rt></ruby><ruby>時<rt>じ</rt></ruby>	十一點	juuichiji
<ruby>十<rt>じゅう</rt></ruby><ruby>二<rt>に</rt></ruby><ruby>時<rt>じ</rt></ruby>	十二點	juuniji
<ruby>一<rt>いち</rt></ruby><ruby>時<rt>じ</rt></ruby><ruby>十<rt>じゅう</rt></ruby><ruby>五<rt>ご</rt></ruby><ruby>分<rt>ふん</rt></ruby>	一點十五分	ichijijuugofun
<ruby>一<rt>いち</rt></ruby><ruby>時<rt>じ</rt></ruby><ruby>三<rt>さん</rt></ruby><ruby>十<rt>じゅっ</rt></ruby><ruby>分<rt>ぷん</rt></ruby>	一點三十分	ichijisanjuppun
<ruby>一<rt>いち</rt></ruby><ruby>時<rt>じ</rt></ruby><ruby>四<rt>よん</rt></ruby><ruby>十<rt>じゅう</rt></ruby><ruby>五<rt>ご</rt></ruby><ruby>分<rt>ふん</rt></ruby>	一點四十五分	ichijiyonjuugofun
<ruby>二<rt>に</rt></ruby><ruby>時<rt>じ</rt></ruby><ruby>十<rt>じゅう</rt></ruby><ruby>五<rt>ご</rt></ruby><ruby>分<rt>ふん</rt></ruby>	兩點十五分	nijijuugofun
<ruby>二<rt>に</rt></ruby><ruby>時<rt>じ</rt></ruby><ruby>半<rt>はん</rt></ruby>	兩點半	nijihan
<ruby>二<rt>に</rt></ruby><ruby>時<rt>じ</rt></ruby><ruby>四<rt>よん</rt></ruby><ruby>十<rt>じゅう</rt></ruby><ruby>五<rt>ご</rt></ruby><ruby>分<rt>ふん</rt></ruby>	兩點四十五分	nijiyonjuugofun
<ruby>三<rt>さん</rt></ruby><ruby>時<rt>じ</rt></ruby><ruby>半<rt>はん</rt></ruby>	三點半	sanjihan
<ruby>四<rt>よ</rt></ruby><ruby>時<rt>じ</rt></ruby><ruby>半<rt>はん</rt></ruby>	四點半	yojihan
<ruby>五<rt>ご</rt></ruby><ruby>時<rt>じ</rt></ruby><ruby>半<rt>はん</rt></ruby>	五點半	gojihan
<ruby>六<rt>ろく</rt></ruby><ruby>時<rt>じ</rt></ruby><ruby>十<rt>じゅう</rt></ruby><ruby>五<rt>ご</rt></ruby><ruby>分<rt>ふん</rt></ruby><ruby>前<rt>まえ</rt></ruby>	六點十五分前	rokujijuugofunmae
<ruby>七<rt>しち</rt></ruby><ruby>時<rt>じ</rt></ruby>ちょうど	七點整	shichijichoodo
<ruby>八<rt>はち</rt></ruby><ruby>時<rt>じ</rt></ruby><ruby>五<rt>ご</rt></ruby><ruby>分<rt>ふん</rt></ruby><ruby>過<rt>す</rt></ruby>ぎ	八點過五分	hachijigofunsugi
<ruby>何<rt>なん</rt></ruby><ruby>時<rt>じ</rt></ruby><ruby>何<rt>なん</rt></ruby><ruby>分<rt>ぷん</rt></ruby>	幾點幾分	nanjinanpun

一、機場

1. 在機場

<ruby>空<rt>くう</rt></ruby><ruby>港<rt>こう</rt></ruby>	機場	kuukoo
<ruby>航<rt>こう</rt></ruby><ruby>空<rt>くう</rt></ruby><ruby>会<rt>がい</rt></ruby><ruby>社<rt>しゃ</rt></ruby>	航空公司	kookuugaisha
<ruby>出<rt>しゅっ</rt></ruby><ruby>国<rt>こく</rt></ruby><ruby>準<rt>じゅん</rt></ruby><ruby>備<rt>び</rt></ruby>	準備出境	shukkokujunbi
チェックイン	登機登記	chekkuin
エコノミークラス	經濟艙	ikonomiikurasu

ビジネスクラス	商務艙	bijinesukurasu
ファーストクラス	頭等艙	faasutokurasu
窓側席	靠窗座位	madogawaseki
通路側席	走道邊座位	tsuurogawaseki
禁煙席	禁煙座位	kinenseki
荷物	行李	nimotsu
手荷物	手提行李	tenimotsu
クレイムタグ	托運牌	kureimudagu
搭乗カード	登機證	toojookaado
搭乗ゲート	登機門	toojoogeeto
パスポート	護照	pasupooto
出国カード	出境卡	shukkokukaado
入国カード	入境卡	nyuukokukaado
免税店	免税店	menzeeten
税関	海關	zeekan
乗客	乗客	jookyaku
セキュリティチェック	安全檢査	sekyuritichekku
X 線	X光	ekususen

2. 機内服務

機長	機長	kichoo
キャビンアテンダント	空中小姐	kyabinatendanto
乗務員	空服員	joomuin
乗客	乗客	jookyaku
新聞	報紙	shinbun
雑誌	雑誌	zasshi
飲み物	飲料	nomimono
シートベルト	安全帶	shiitoberuto
非常口	緊急出口	hijooguchi
化粧室	化妝室	keshooshitsu
使用中	使用中	shiyoochuu
空き	空的	aki
トイレットペーパー	衛生紙	toirettopeepaa
酸素マスク	氧氣罩	sansomasuku
救命胴衣	救生衣	kyuumeedooi
吐き袋	嘔吐袋	hakibukuro
着陸	著地	chakuriku
現地時間	當地時間	genchijikan
時差	時差	jisa

現地気温	當地氣溫	genchikion

3. 通關

外国人	外國人	gaikokujin
日本人	日本人	nihonjin
待合室	候客室	machiaishitsu
出入国管理	出入境管理	shutsunyuukokukanri
並ぶ	排隊	narabu
居住者	居住者	kyojuusha
非居住者	非居住者	hikyojuusha
入国する	入境	nyuukokusuru
入国目的	入境目的	nyuukokumokuteki
親戚	親戚	shinseki
留学生	留學生	ryuugakusee
学生証	學生證	gakuseeshoo
観光する	觀光	kankoosuru
ビジネス	商務	bijinesu
訪問する	訪問	hoomonsuru
申告カード	申報卡	shinkokukaado
持ち込み禁止品	禁止攜帶進入物品	mochikomikinshihin
身の回り品	隨身物品	mino mawarihin
手荷物	手提行李	tenimotsu
プレゼント	禮物	purezento
お土産	名產	omiyage

4. 換錢

両替する	換錢	ryoogaesuru
両替所	換錢處	ryoogaejo
銀行	銀行	ginkoo
為替	匯率	kawase
レート	匯率	reeto
札	紙鈔	satsu
小銭	零錢	kozeni
コイン	硬幣	koin
日本円	日幣	nihonen
アメリカドル	美金	amerikadoru
ポンド	英磅	pondo
台湾ドル	台幣	taiwandoru
北京人民幣	北京人民幣	pekinjinminhee
現金	現金	genkin

トラベラーズチェック	旅行支票	toraberaazuchekku
両替申し込書	換錢申請書	ryoogaemooshikomisho
サイン	簽名	sain
身分証明書	身份證	mibunshoomeesho

5. 打電話

国際電話	國際電話	kokusaidenwa
市内電話	市內電話	shinaidenwa
長距離電話	長途電話	chookyoridenwa
携帯電話	手機	keetaidenwa
電話番号	電話號碼	denwabangoo
電話する	打電話	denwasuru
公衆電話	公用電話	kooshuudenwa
国番号	國碼	kunibangoo
指名通話	指名電話	shimeetsuwa
コレクトコール	對方付費電話	korekutokooru
テレホンカード	電話卡	terehonkaado
市外局番	區域號碼	shigaikyokuban
イエローページ	黃皮電話簿	ieroopeeji

6. 郵局

郵便局	郵局	yuubinkyoku
切手	郵票	kitte
封筒	信封	fuutoo
手紙	信件	tegami
葉書	明信片	hagaki
小包	包裹	kozutsumi
航空便	空運	kookuubin
船便	船運	funabin
書留	掛號	kakitome
速達	限時	sokutatsu

7. 機場交通

リムジンバス	機場巴士	rimujinbasu
エアポートバス	機場巴士	eapootobasu
タクシー乗り場	計程車乘車處	takushiinoriba
ＪＲ乗り場	JR乘車處	jeeaaru noriba
地下鉄	地下鐵	chikatetsu
切符	車票	kippu
運賃	乘車票價	unchin

切符売場	售票處	kippuuriba
入り口	入口	iriguchi
出口	出口	deguchi
非常口	緊急出口	hijooguchi
路線図	路線圖	rosenzu

二、到飯店

1. 在櫃臺

宿泊施設	飯店設施	shukuhakushisetsu
ホテル	飯店	hoteru
旅館	旅館	ryokan
民宿	民宿	minshuku
ビジネスホテル	商務飯店	bijinesuhoteru
ラブホテル	賓館	rabuhoteru
空室	有空房	kuushitsu
満室	房間客滿	manshitsu
シングル	單人房	shinguru
ダブル	雙人房	daburu
予約あり	有預約	yoyakuari
予約なし	沒有預約	yoyakunashi
料金	費用	ryookin
チェックイン	登記住宿	chekkuin
チェックアウト	退房	chekkuauto
シャワー付き	附淋浴	shawaatsuki
トイレ付き	附廁所	toiretsuki
赤ちゃん用ベッド	嬰兒用床	akachanyoobeddo
和室	日式房間	washitsu
洋室	洋式房間	yooshitsu
朝食	早餐	chooshoku
安い	便宜	yasui
高い	貴	takai
クレジットカード	信用卡	kurejittokaado
預かり物	寄存物	azukarimono
メッセージ	留言	messeeji
貴重品	貴重物品	kichoohin
モーニングコール	叫醒服務	mooningukooru
宿泊カード	住宿卡	shukuhakukaado
税金	税金	zeekin

サービス料金	服務費	saabisuryookin
含む	包含	fukumu
鍵	鑰匙	kagi
新聞	報紙	shinbun
タオル	毛巾	taoru
バー	酒吧	baa
食堂	食堂	shokudoo
レストラン	餐廳	resutoran
何階	幾樓	nangai
立ち入り禁止	禁止進入	tachiirikinshi

2.住宿中發生

シャワールーム	沖浴室	shawaaruumu
冷蔵庫	冰箱	reezooko
ミニバー	小酒吧	minibaa
テレビ	電視	terebi
エアコン	冷氣	eakon
蛇口	水龍頭	jaguchi
トイレ	廁所	toire
灰皿	煙灰缸	haizara
ドライヤー	吹風機	doraiyaa
歯ブラシ	牙刷	haburashi
石鹸	肥皂	sekken
歯磨き粉	牙膏	hamigakiko
髭剃り	刮鬍刀	higesori
シャンプー	洗髮精	shanpuu
リンス	潤絲精	rinsu
シャワーキャップ	浴帽	shawaakyappu
タオル	毛巾	taoru
バスタオル	浴巾	basutaoru
目覚し時計	鬧鐘	mezamashidokee
アイロン	熨斗	airon
水	水	mizu
押す	推	osu
引く	拉	hiku
故障する	故障	koshoosuru
詰まる	塞住	tsumaru
反応がない	沒有反應	hannooga nai

3. 客房服務

ルームサービス	客房服務	ruumusaabisu
洗濯する	洗衣服	sentakusuru
荷物	行李	nimotsu
運ぶ	搬運	hakobu
掃除する	打掃	soojisuru
チップ	小費	chippu
朝食	早餐	chooshoku
昼食	中餐	chuushoku
夕食	晚餐	yuushoku
食事券	餐券	shokujiken
和食	日式餐點	washoku
洋食	西式餐點	yooshoku
有料チャネル	收視頻道	yuuryoochaneru
無料チャネル	免費頻道	muryoochaneru
リモコン	遙控	rimokon
飲み物	飲料	nomimono
食べ物	食物	tabemono
栓抜き	開瓶器	sennuki

4. 退房

チェックアウト	退房	chekkuauto
クレジットカード	信用卡	kurejittokaado
現金	現金	genkin
お釣り	找錢	otsuri
税金	税金	zeekin
含む	包含	fukumu
サイン	簽名	sain
お願いします	麻煩您	onegai shimasu
返す	歸還	kaesu
領収書	收據	ryooshuusho
タイトル	抬頭	taitoru
封筒	信封	fuutoo
入れる	放入	ireru

三、用餐

1. 逛商店街

商店街	商店街	shootengai

スーパー	超市	suupaa
デパート	百貨公司	depaato
コンビニ	便利商店	konbini
桜銀座	櫻花商店街	sakuraginza
肉屋	肉店	nikuya
魚屋	海鮮店	sakanaya
パチンコ屋	柏青哥店	pachinkoya
交番	派出所	kooban
お巡りさん	警察	omawarisan

2. 在速食店

ハンバーグ	漢堡	hanbaagu
サンド	三明治	sando
ドリンク	飲料	dorinku
コーラ	可樂	koora
コーヒー	咖啡	koohii
アイス	冰	aisu
ストロー	吸管	sutoroo
持ち帰り	帶走	mochikaeri
一万円で	給你一萬日幣	ichimanende
お釣り	找錢	otsuri

3. 在便利商店

レジ	收銀台	reji
領収書	收據	ryooshuusho
日用品	日常用品	nichiyoohin
ドリンク	飲料	dorinku
パン	麵包	pan
男性誌	男士雜誌	danseeshi
女性誌	女士雜誌	joseeshi
新聞	報紙	shinbun
雑誌	雜誌	zasshi
コピー	拷貝	kopii
ファックス	傳真	fakkusu
タバコ	香菸	tabako
ライター	打火機	raitaa
お酒	日本清酒	osake

4. 找餐廳

日本料理屋	日本料理店	nihonryooriya

すし屋	壽司店	sushiya
中華料理屋	中華料理店	chuukaryooriya
らーめん屋	拉麵店	raamenya
料亭	日本傳統料理店	ryootee
しゃぶしゃぶ	涮涮鍋	shabushabu
焼き肉屋	烤肉店	yakinikuya
洋食	西式餐點	yooshoku
和食	日式餐點	washoku
レストラン	餐廳	resutoran

5.打電話預約

予約したい	想預約	yoyakushitai
明日	明天	ashita
夜	晚上	yoru
二人	兩人	futari
七時	七點	shichiji/ nanaji
ベジタリアン	素食者	bejitarian
和食	日式餐點	washoku
お名前	芳名	onamae
連絡先	聯絡處	renrakusaki
電話番号	電話號碼	denwabangoo

6.進入餐廳

予約あり	有預約	yoyakuari
禁煙席	禁煙座位	kinenseki
喫煙席	吸煙座位	kitsuenseki
窓際	靠窗	madogiwa
相席	同桌座位	aiseki
大きい	大的	ookii
テーブル	桌子	teeburu
静かな	安靜的	shizukana
席	座位	seki
いす	椅子	isu

7. 點餐

メニュー	菜單	menyuu
おすすめ料理	推薦料理	osusumeryoori
有名な	有名的	yuumeena
人気	有人氣的	ninki
注文する	點菜	chuumonsuru

ベジタリアン	素食者	bejitarian
洋食	西式餐點	yooshoku
和食	日式餐點	washoku
中華料理	中華料理	chuukaryoori
フランス料理	法國餐	furansuryoori
イタリア料理	義大利餐	itariaryoori
ピザ	披薩	piza
ハンバーグ	漢堡	hanbaagu
定食	套餐	teeshoku
Ａコース	A套餐	ee koosu
ビール	啤酒	biiru
飲み物	飲料	nomimono
コーヒー	咖啡	koohii
紅茶	紅茶	koocha
デザート	點心	dezaato
食前	餐前	shokuzen
食後	餐後	shokugo
お冷や	冰水	ohiya
一品料理	上等料理	ippinryoori
お箸	筷子	ohashi
フォーク	叉子	fooku
ナイフ	餐刀	naifu

8.進餐後付款

クレジットカード	信用卡	kurejittokaado
現金	現金	genkin
サイン	簽名	sain
領収書	收據	ryooshuusho
タイトル	抬頭	taitoru
お釣り	找錢	otsuri
部屋につける	記房間的帳	heyanitsukeru
割り勘	各付各的	warikan
いっしょ	一起	issho
計算する	計算	keesansuru

四. 交通

1. 坐電車

| 切符売場 | 售票處 | kippuuriba |

地下鉄	地下鐵	chikatetsu
電車	電車	densha
ＪＲ線	JR線	jeeaaru sen
山手線	山手線	yamanotesen
環状線	環狀（循環）線	kanjoosen
東海道線	東海道線	tookaidoosen
新幹線	新幹線	shinkansen
快速	快速	kaisoku
特急	特急	tokkyuu
急行	急行	kyuukoo
駅	車站	eki
駅員	站員	ekiin
回数券	回數票	kaisuuken
周遊券	周遊券	shuuyuuken
乗車券	乘車券	jooshaken
運賃	乘車票價	unchin
片道	單程	katamichi
往復	來回	oofuku
大人	成人	otona
子ども	孩童	kidomo
緑の窓口	綠色窗口（旅遊中心）	midorinomadoguchi
旅行センター	旅遊中心	ryokoosentaa
職員	職員	shokuin
申込み書	申請書	mooshikomisho
寝台車	附睡床列車	shindaisha
指定席	對號座位	shiteeseki
自由席	自由座位	jiyuuseki

2. 坐巴士

はとバス	機場巴士	hatobasu
日帰りツアー	當日往返旅遊	higaeritsuaa
半日バスツアー	半天巴士旅遊	hannichibasutsuaa
観光バスツアー	觀光巴士旅遊	kankoobasutsuaa
バス待ち合わせ時刻	公車時刻表	basumachiawasejikoku
バス料金	公車費用	basuryookin
学生料金	學生票	gakuseeryookin
高齢者	高齡者	kooreesha
バスガイド	公車導遊	basugaido
パンフレット	指南小冊子	panfuretto

3. 坐計程車

タクシー	計程車	takushii
初乗り料金	啟程價	hatsunoriryookin
運転手	司機	untenshu
行き先	前往目的地	ikisaki
目的地	目的地	mokutekichi
忘れ物	遺忘的東西	wasuremono
お客様	客人	okyakusama
荷物	行李	nimotsu
領収書	收據	ryooshuusho
料金	費用	ryookin

4. 租車子

国際免許証	國際駕照	kokusaimenkyoshoo
申し込み書	申請書	mooshikomisho
貸し渡し契約書	交車契約書	kashiwatashikeeyakusho
マニュアル車	手動排檔車	manyuarusha
オートマチック車	自動排檔車	ootomachikkusha
四輪駆動車	四輪驅動車	yonrinkudoosha
ガソリン	石油	gasorin
ガソリンスタンド	加油站	gasorinsutando
燃料	燃料	nenryoo
無鉛ガソリン	無鉛油	muengasorin
左進行	靠左邊行進	hidarishinkoo
交通ルール違反	違反交通規則	kootsuuruuruihan
返す	歸還	kaesu
受託する	受託、委託	jutakusuru
保険	保險	hoken
高速道路	高速公路	koosokudooro
料金所	收費站	ryookinjo
タイヤ交換	更換輪胎	taiyakookan
バッテリー	電池	batterii
充電する	充電	juudensuru
修理工場	修理工廠	shuurikoojoo
保証人	保證人	hoshoonin
ブレーキ	剎車	bureeki
バックミラー	後照鏡	bakkumiraa
左折	左轉	sasetsu
右折	右轉	usetsu

5.迷路了

東京駅	東京車站	tookyooeki
大阪駅	大阪車站	oosakaeki
名古屋駅	名古屋車站	nagoyaeki
地図	地圖	chizu
ホテル	飯店	hoteru
デパート	百貨公司	depaato
街角	街角	machikado
突き当たり	街道盡頭	tsukiatari
交差点	交叉路	koosaten
右に曲がる	右轉	migi ni magaru
左に曲がる	左轉	hidari ni magaru
まっすぐ	直走	massugu
交番	派出所	kooban

五、観光

1.在旅遊詢問中心

日帰りツアー	當日回來旅遊	higaeritsuaa
半日ツアー	半天旅遊	hanichitsuaa
夜のツアー	夜間旅遊	yoruno tsuaa
市内観光	市內觀光	shinaikankoo
バスガイド	巴士導遊	basugaido
申し込み書	申請書	mooshikomisho
写真	照片	shashin
パンフレット	旅遊指南	panfuretto
帰着する	回來	kichakusuru
時間	時間	jikan
予約する	預約	yoyakusuru
大人二人	成人兩人	otonafutari
料金	費用	ryookin

2.到美術館

美術館	美術館	bijutsukan
博物館	博物廣	hakubutsukan
入場券	入場券	nyuujooken
パスポート	全程可使用券	pasupooto
周遊券	周遊券	shuuyuuken
開館時間	開館時間	kaikanjikan

閉館時間	休館時間	heekanjikan
大人料金	成人費用	otonaryookin
子ども料金	孩童費用	kodomoryookin
撮影禁止	禁止拍照	satsueekinshi
立ち入り禁止	禁止靠近（進入）	tachiirikinshi
ロッカー	置物箱	rokkaa

3.看電影、聽演

映画館	電影院	eegakan
コンサート	音樂會	konsaato
入場券	入場券	nyuujooken
指定席	對號座位	shiteeseki
自由席	無對號座位	jiyuuseki
禁煙	禁煙	kinen
食べ物持参禁止	禁止攜帶食物	tabemonojisankinshi
洗面所	化妝室	senmenjo
男性	男性	dansee
女性	女性	josee
撮影禁止	禁止拍照	satsueekinshi

4.去唱卡拉OK

カラオケ	卡拉OK	karaoke
カラオケボックス	卡拉OK包廂	karaokebokkusu
歌う	唱歌	utau
歌	歌	uta
一時間料金	一小時費用	ichijikanryookin
リモコン	遙控	rimokon
使い方	使用方法	tsukaikata
メニュー	菜單	menyuu
時間を延ばす	延長時間	jikano nobasu
領収書	收據	ryooshuusho

5.去算命

占い	算命	uranai
手相	手相	tesoo
運命	命運	unmee
運勢	運勢	unsee
過去	過去	kako
現在	現在	genzai
未来	未來	mirai

きんうん 金運	財運	kinun
れんあいうん 恋愛運	愛情運	renaiun
しごとうん 仕事運	事業運	shigotoun
けっこんうん 結婚運	結婚運	kekkonun
ゆめうらな 夢 占い	夢境占卜	yumeunarai
どうぶつうらない 動物 占い	動物占卜	doobutsuuranai
かいうん 開運グッズ	開運吉祥物	kaiunguzzu
せい ざ 星座	星座	seeza

6.夜晚的娛樂

バー	酒吧	baa
さけ お酒	清酒	osake
しょうちゅう 焼酎	燒酒（日式米酒）	shoochuu
ビール	啤酒	biiru
なま 生ビール	生啤酒	namabiiru
びん 瓶ビール	瓶啤酒	binbiiru
あか 赤ワイン	紅葡萄酒	akawain
しろ 白ワイン	白葡萄酒	shirowain
ウイスキー	威士忌	uisukii
グラス	杯子	gurasu
おつまみ	下酒菜	otsumami
スナック	小零食	sunakku
ママさん	媽媽桑	mamasan
ちゅうもん 注文する	點菜	chuumonsuru
こおり 氷	冰	koori
みず 水	水	mizu
カラオケ	卡拉OK	karaoke
うた 歌う	唱歌	uta

7. 看棒球

ピッチャー	投手	picchaa
キャッチャー	捕手	kyacchaa
ファースト	一壘手	faasuto
セカンド	二壘手	sekando
さんるいしゅ 三塁手	三壘手	sanruishu
がい や しゅ 外野手	外野手	gaiyashu
ない や しゅ 内野手	外野手	naiyashu
レフト	右邊（野手）	refuto
ライト	左邊（野手）	raito

安打	安打	anda
ホームラン	全壘打	hoomuran
三振	三振	sanshin
ボール	壞球	booru
ストラック	好球	sutorakku
アウト	出局	auto
セーフ	安全（上壘）	seefu
選手	選手	senshu
監督	教練	kantoku
審判	裁判	shinpan
得点	得分	tokuten
応援	支援	ooen
グランド	球場	gurando
野球場	棒球場	yakyuujoo
グラブ	手套	gurabu
野球	棒球	yakyuu
バット	球棒	batto
制服	制服	seefuku
キャップ	帽子	kyappu

六、購物

1. 買衣服

洋服	西服	yoofuku
スーツ	西裝	suutsu
ワンピース	連身裙	wanpiisu
スカート	裙子	sukaato
コート	外套	kooto
ジャケット	外套（西服）	jaketto
ズボン	褲子	zubon
ワイシャツ	白襯衫	waishatsu
Ｔ シャツ	T恤	tii shatsu
ジーンズ	牛仔褲	jiinzu
ブラウス	女用衫	burausu
セーター	毛衣	seetaa
羊毛	羊毛	yoomoo
木綿	棉製品	momen
ベルト	皮帶	beruto
大きサイズ	大尺寸	ookisaizu

附 錄 基本單字

小さいサイズ	小尺寸	chiisaisaizu
Ｍサイズ	M尺寸	emu saizu
Ｌサイズ	L尺寸	eru saizu
Ｓサイズ	S尺寸	esu saizu
ＬＬサイズ	LL尺寸	erueru saizu
短い	短的	mijikai
長い	長的	nagai
色違い	不同顏色	irochigai
他に	其他	hokani
スタイル	樣式	sutairu
割引	打折扣	waribiki
サービス	贈送	saabisu

2. 買鞋子

きつい	緊	kitsui
ゆるい	鬆	yurui
かかと	腳跟	kakato
つま先	腳尖	tsumasaki
足裏	腳底	ashiura
痛い	疼痛	itai
銘柄	牌子	meegara
ブランド品	舶來品	burandohin
手作り	手工製	tezukuri
日本製	日本製	nihonsee

3. 付錢

現金	現金	genkin
クレジットカード	信用卡	kurejittokaado
ドル	美金	doru
日本円	日幣	nihonen
高い	昂貴	takai
安い	便宜	yasui
まけてください	請你打折扣	makete kudasai
割引	打折扣	waribiki
税金	税金	zeekin
含む	包含	fukumu

Note

輕讀日語　02

史上最神 日語會話超簡單（18K+MP3）

2017年4月　初版

發行人 ● 林德勝

著者 ● 吉松由美、山田玲奈◎著

出版發行 ● 山田社文化事業有限公司
地址　臺北市大安區安和路一段112巷17號7樓
電話　02-2755-7622
傳真　02-2700-1887

郵政劃撥 ● 19867160號　　大原文化事業有限公司
網路購書 ● 日語英語學習網　http://www. daybooks. com. tw

總經銷 ● 聯合發行股份有限公司
地址　新北市新店區寶橋路235巷6弄6號2樓
電話　02-2917-8022
傳真　02-2915-6275

印刷 ● 上鎰數位科技印刷有限公司
法律顧問 ● 林長振法律事務所　林長振律師

書＋MP3 ● 新台幣310元